丰收之歌

长篇

宋小词 著

天津出版传媒集团
百花文艺出版社

图书在版编目（CIP）数据

丰收之歌 / 宋小词著. -- 天津：百花文艺出版社，2020.6
(百花中篇小说丛书)
ISBN 978-7-5306-7904-3

Ⅰ. ①丰… Ⅱ. ①宋… Ⅲ. ①中篇小说-中国-当代
Ⅳ. ①I247.5

中国版本图书馆 CIP 数据核字(2020)第 088482 号

丰收之歌

FENGSHOU ZHI GE

宋小词　著

出 版 人：薛印胜　**选题策划：**汪惠仁
编辑统筹：徐福伟　**责任编辑：**齐红霞
装帧设计：任　彦　**营销专员：**苏　依
出版发行：百花文艺出版社
地址：天津市和平区西康路 35 号　**邮编：**300051
电话传真：+86-22-23332651（发行部）
+86-22-23332656（总编室）
+86-22-23332478（邮购部）
网址：http://www.baihuawenyi.com
印刷：山东临沂新华印刷物流集团有限责任公司
开本：700×980 毫米　1/32
字数：45 千字
印张：4.375
版次：2020 年 6 月第 1 版
印次：2020 年 6 月第 1 次印刷
定价：28.00元

如有印装质量问题，请与山东临沂新华印刷物流集团有限责任公司联系调换
地址：山东省临沂市高新技术产业开发区新华路 1 号
电话：(0539)2925659　邮编：276017

宋小词 / 作者

鲁迅文学院第二十届高研班学员，在《当代》《收获》《北京文学》等大型文学刊物发表小说。著有中篇小说《直立行走》《固若金汤》《祝你好运》《柑橘》和长篇小说《声声慢》等，多部小说被选刊、选本选载。曾获第十八届《当代》文学拉力赛中篇小说总冠军、第八届《小说选刊》中篇小说年度大奖等奖项。作品曾入选中国小说排行榜。现为中国作家协会会员，南昌市专业作家。

一

向春天把一根验孕棒放进尿杯里，颇有信心地等待，一分钟、两分钟、三分钟、四分钟、五分钟，对照区依然是一块白板。

她将验孕棒搁在窗台上，然后拿起扫把去扫地，想分散一下注意力，也许过一会儿，那根红线会显现出来。这次月经推迟八天了，应该是有戏的。扫完主卧和客卧，她想去窗台看一下，但怕破坏某种正在酝酿的惊喜，强忍住了。便扫小客卧，小客卧里没放家具，当初装修时就想好了，是要做儿童房的，放个卡通的高低床和一个带写字桌的小立柜，式样都在家具城看好了，只等怀上后找熟人做B超，鉴定是男是女，就好决定是买蓝色的一套，还是粉色的一套。一晃，在这屋里住了五六年了，她的肚子一直空荡荡的。她一般不进这个小房间，但这次她进去了，一扫帚压着一扫帚扫，扫得很细致，似带着某种虔诚的祈祷。扫完后，带上门，走去客厅的窗台上又捡起那根验孕棒，黯然地将其丢进了垃圾桶里，然后将簸箕里打扫出来的渣滓倒掉。

她跌坐在沙发上，像一只遍体鳞伤的兽，奄奄一息。

手机在置物架上振动起来，她动也不动，此刻她不想跟房门外的世界有半点联系，这个恶毒的世界。可手机一直响。她起身去拿手机，是老公冯奇的来电。他第一句话便是，来了没？你身上来了没？

他的关切令她无端恼火，但她努力克制自己的情绪，淡然回道，没有。

电话那头一时没了声，好半天才哼了一下，那种希望落空的情绪，从手机那头排山倒海扑了过来，她一阵懊恼，又一阵愧疚。结婚十年，他们太想要个孩子了。

你有什么事？看他半天不挂，她问道。

这个周末我妈生日，咱们得回去。老公的语气很平淡，听得出对回老家一事的兴致并不高。他说，哎，就是提醒你一下，看要置办什么东西。

我知道了。她对此的兴致更不高。但婆婆六十大寿，是必须要回的。

放下电话，她觉得身体像是绑了块石头，沉重得连气都出不匀了。

二

公婆在老家镇上经营一家杂货店，有二十多年了，前几年改成了超市，生意还不错。在镇上临主街的地方并排起了两栋三层楼房，一栋居家，一栋门面带库房，有一辆国产的长城越野车和两辆面包车，兼做送货和送客的生意。二老在镇上算个角色。她思量半天，想不出买什么。这么多年了，公婆已经不在乎他们回家是不是两手空空。去年春节的时候，他们提了两盒燕窝。婆婆说，不要瞎花钱，你们只要争气，我宁可割股给你们吃。啥叫争气，他们都懂，可……这世上的事，哪怕是上九天揽月，都可以实现，唯他们要孩子这事，真他妈的难，无论使多少力，花多少钱都不管用。这事又不能托关系走门路。

在商场转了一圈，她决定给婆婆买个包，蔻驰的杀手包,六千元左右。售货小妹戴着白手套将包递给她,说这是新出的贴花工艺,全球限量发行,一上柜就有好多人抢呢。这些年给婆婆的礼物一次比一次贵,这些钱花得也并不那么心甘情愿,可不花她就觉得有亏欠。细想想,到底她亏欠婆婆什么呢?又不是她不愿意生孩子,为要孩子,她算是吃遍了苦头。

五年前婆婆撺掇她辞了职,说是怕她工作压力大,让她好好调养身心。这五年时间里,她比上班更忙了,每天早出晚归,辗转于各大医院的妇科,排长队挂专家号,身体沦为医疗器械的试验场。她每月月经大多都是按点来,不痛经、不胀乳。先是看西医,查了激素,每项指标正常,又查排卵,情况也良好,医生怀疑是输卵管堵塞,先做通液又做碘油造影,躺在手术台上,疼得汗毛倒竖,可最终结果显示双侧输卵管是通畅的。折腾了一年多,医生又开始怀疑她老公,她老公早就检查过,是没有问题的,为了让医生信,她老公只得又检查了一遍,结果还是没有问题。那就做试管吧,打了一个多月的促排卵针,取了十多枚卵子,却只成功配出四个,分两次种植,两次都生化妊娠。医生总算是没辙了,跟她说,人类可查明的不孕因素只有百分之六十,还有百分之四十是查不出来的。她睁大眼睛问,那查不出来的是什么呢?医生也恍惚,说,也许是环境、气候、饮食、情绪,说不清,说不清的。

刚开始她是怕自己有问题,最后她反倒羡慕起那些有病的夫妻,有病才能对症治疗,病去好"孕"自然来,只有他们这没病的,看似有千条路,却只能等待奇迹的出现。西医看完又看中医,遍访各大妇科圣手,调经活血,疏肝理气,温中助孕的丸、膏、汤吃得都可以填山造海了,那种苦药一天三次,隔三岔五还配合艾灸、走罐、针砭,日子只有苦与疼。好事多磨。她安慰着自己，一朝好"孕"，这些苦楚便也值了。可啥时才算完啊，她有时恨不得有个医生给她判个"死刑"，她也就此消停。没有撞到南墙，便只有一直走下去……

婆婆的家在下面县城的小镇里，车程三个小时，虽说路途不远，交通也便利，但往来并不勤。也好，像他们这种状态，婆媳楚河汉界，互不干涉内政，才能和平共处。

冯奇一进电梯就绷着一张脸，像是有人前世欠了他的账。她上车带车门"砰"的一声响，似令他的情绪找到了发泄的出口，眉头一皱，说，你轻些，打劫吧，一天到晚像个山大王，哪里还有个女人的样子。

你有病吧。她自然被怼出一盆火。

我是有病，绝症，你满意了吧。冯奇有点耍无赖。

她气得眼睛里要蹦出火星子了。本想顺他的话接道，是的是的，我成天就盼着你死呢。但想着车出库了，跟司机赌气是不妥的。她心里也知晓他这番无名火大部分不是冲着她，而是这次回老家要面对那么些七大姑八大姨，多少让人感到压力山大。不孝有三，无后为大嘛。她体谅他，便故意朝他脸上瞧了瞧，笑了笑说，什么绝症，不就是懒癌吗？

看她软了下来，他也温瞰了，说，你呢，你没病？

她长叹一口气，说，有啊，眼瞎啊。

他兀自也笑了一下。导航已经启动，一路指导着向左向右。她看着窗外车水马龙，熙熙攘攘，便想人这一辈子不过是两条路，赴生或赴死，却也弄得那么花里胡哨，着急忙慌的。

车里开了冷气，有些凉沁，他把对着她的空调叶片朝上一推，又将搭在自己椅背上的一件衬衣扯下递给她，说，把腿盖上。

他总是不经意生出一些小殷勤来温暖她的心意。刚想着自己三十多岁了,还需要装傻卖乖地让婚姻长治久安,正替自己感到些无趣,这一下子便烟消云散了。婚姻嘛,各自都有牺牲,各自都有获取。她总是瘫痪在他这种微小的周到上,以为他全身心都系在她身上的,一种身为女人的小甜蜜会偷偷在心里升起。

上了高速后,他问她,东西带了吧?

你真是爱操心。她略带嘲讽,但也如实回答,说,带了,给你妈买了个包,六千多元,不知道你妈喜欢不喜欢。

喜欢不喜欢,也就是个心意。他又说,我想了一下,那个包你自己留着用,样式不喜欢拿着发票去换。妈这次是整生,还是给钱好一些。

那就礼物和钱一起给呗。她懂他的意思。这次跟平时不一样,他妈的六十大寿礼金是要写在账上的，礼物再贵但不能入账，不入账，外人就不知道。与父母之间还要讲究这番虚面，便觉得好笑。做儿子的孝敬爹妈本是应该的，给钱给物都是凭着自己的孝心，难道这也要做给外人看吗？但他说，不一样，外人看了光彩，爸妈才倍儿有面儿，爸妈有了面儿，这份孝心才算到了位。

你呀，孙悟空的那三根毫毛一定是粘到你身上了，猴精猴精的。她打趣他，又问，那你这次准备上多少礼金呢？

你说呢？他反过来问她，似乎在征询她的意见。

她说，一万？两万？哎，上多少，还不是随你。钱都是你管着的。

冯奇便没有再答话，似不愿在这个话题上纠缠。他说，那个包你还是自己留着吧，这些年你总觉得看病吃药花钱才是正道，对自己的吃穿也不在意，成天拎个布袋子，知道的呢是说你图方便，不知道的还以为你是讨米要饭的呢。

她笑笑，领了他的一番心意。结婚这么多年了，也正是这样的温情才让她在求子之路上有上刀山下火海的勇气。她常想，如果他对她心生倦意，对她倒是种解脱，一别两宽，各生欢喜，随他与人佳偶天成，繁衍生息。两人闹别扭的时候，她也曾狠心提过离婚，话在喉咙里时，觉得自己刚强如铁，话一出口，才知道自己脆弱如纸，眼泪跟牵了线似的在双颊流成渠。霎时间，感情泥沙俱下，沉渣翻腾，两人朝夕相处的日子，有如莲心拌蜜糖，苦里裹着甜，想要脱去这苦，便要舍下这甜。合是一点一点交融的，连着筋接着骨；离却要骤然分割，快刀斩乱麻，还未付诸行动，便提前感知到了疼痛。

他上前要来撕碎她的嘴巴，“叫你离婚，离婚！”他的手劲很大，弄疼了她。但这疼却令她安心。他是恼怒她对感情的凉薄、对婚姻的不珍惜才如此的。

他们是发过誓的，执子之手，与子偕老。后来几次冲突，她也有一两次提过离婚，每次她都得到了强有力的肉体惩罚。后来他们约定以后谁提离婚，谁净身出户。白纸黑字，各自还摁了手印。这份霸道的约定让她感觉终身有了依靠，他们的婚姻将有如革命真理颠扑不破。四五年了，他们再怎么吵架、冷战，咬牙切齿到老死不相往来的劲头了，却都没有谁去碰那两个字。她这才在心里悄悄打量那份合约，当初到底是建了一座城堡，还是一座牢笼？也许他们都害怕“净身出户”这四个字吧。她终于清楚，婚姻哪里全是感情，更关乎财产。定下合约那年，他们在省城已经挣下了两套房、一辆车，当然他父母帮衬了不少，后来又添了一大一小两个商铺和一套房，如今两套房子的贷款已还完，租金加上工资，小家庭开始略有盈余，但具体余多少，他没细说，她也没追问。她从不管钱，家里一应开销都是他在打理，出于信任，她也从不审计他的账目，他是商家子弟，精于算计，她自知在理财投资上不如他，这些年也多亏了他，盘进盘出的，家里的日子还算过得去。也正因如此，久无子嗣才有如麦芒在背。

三

车刚进镇子，就看见两条主街竖了充气拱门，拉了恭贺寿喜的横幅，街上两排瘦骨嶙峋的樟树也都挂上了红绸。屋前搭的架棚伸到了大马路上。棚子外还架了一排礼炮。请了一班厨子，五只大铁桶制成的简易灶正烈火烹油，地上几个大铁盆一溜摆开，盛着宰杀好的甲鱼、基围虾、鲍鱼、鳝段、鸡块、肘子等大荤。一旁的蒸柜白汽腾腾，三十张圆桌铺着红色薄膜，等候布席。天阴，还不算太热，人都聚集在棚子四周，吵吵嚷嚷的。场面很是铺张。

“砰砰砰”三声礼炮响，开席了。婆婆穿着一身花衣服，大朵大朵的红黄牡丹，花团锦簇。她面白骨瘦，衬得耳上金圈黄亮亮的。一张四方桌，桌上三只白盘盛着桃、苹果、香蕉，子侄晚辈挨个在桌前蒲团上跪拜。婆婆乐得合不拢嘴,轮到他们夫妻了,磕头作揖,她说,妈,祝您福如东海寿比南山。

算了吧,福啊寿啊,都是虚的,没什么意思。婆婆回道。

她起身,瞥见婆婆虽然嘴角含着笑,但那笑不是从心里发出的,只是一种顾大体的礼节。她敏感心细,琢磨着她那句话,似也包含着一些别的意思,但也开导着自己,也许是自己想多了。

春天,你还是老样子,结婚那一天是什么样子,到现在还是什么样子。凭着记忆和感觉,她在人堆里辨认七大姑八大姨。说话的大约是婆婆的姊妹。

哎,姨,也老了,对着镜子细看,眼角也有皱纹啦。她觉得这大概是夸她年轻,便自谦起来。

这孩子,在我们面前说自己老,那我们还咋活啊。姨们笑呵呵的。

她知自己失了礼数,好在不甚紧要,便也跟着笑笑。

春天今年应该也有三十三岁了。他们结婚那天好像是昨儿的事,一晃,十年了,跟他们同一年结婚的堂兄,孩子都上了学。这个姨大约只是单纯地想感叹一下光阴,但话落地,却没人接茬,大家面上表情都涩涩的。怕那姨尴尬,春天只得连声应着,是啊是啊。她想皆是自己没有孩子的缘故,旁人在她面前说话都有三分顾忌。

家常拉得拘手拘脚的,她便退出人群,到楼上卧室里去寻清净,没想到每间房里都是一桌牌,自己卧室竟是两桌麻将,其中一桌冯奇在场,吆五喝六正打得欢畅。她只得再次退出。窝在客厅的沙发上,同孩子们一道看《超级飞侠》,可她一坐下,孩子们都不盯电视了,都盯着她。我头上长角了吗?她问。没有长角,阿姨你喜欢乐迪还是小艾?她被问得一头雾水,不知如何作答,便也盯着他们看,那一双双黑眼睛如点了漆一般，当真比什么都好看，看得她心里一片感伤。

晚上，闹哄哄的一天总算消停了。几个顶首的亲戚家离得远，要留下过夜，吃过晚饭，公婆就安排他们上了牌桌。她早就发现此地牌风兴盛，连小孩都会打。她从不会这个，哪怕她有一个好赌的父亲。因此在亲友中显得各色。冯奇在屋里看牌，看牌也能看得两眼生根。她无聊得很，便把他强拉到楼下超市，想拿些洗漱用品。看店的是个妹子，叫小年，看到他们过来，立刻堆出许多笑意。她也冲小年笑，近了才发现，人家的笑脸只冲着冯奇，压根儿就没朝她看。她懊恼刚才那一笑自作多情。

小年热情地跟她老公打招呼，一口一个冯大哥地叫着。她本也挺喜欢这个小年，听说还是冯家拐弯抹角的亲戚，二十五六岁的年纪，唇红齿白，有几分俏。因小时候坐摩托车，从坡上摔下来，脚踝粉碎性骨折，跟腱也断裂了，家里不舍得花钱手术，保守治疗没恢复好，腿脚上落下残疾，走路一跛一跛的，便再俏也打了些折扣。她也曾隐隐约约听亲戚说过，说小年跟冯奇是很好的伢儿朋友，话说得很隐晦，大抵是他俩小时候有过朦朦胧胧的感情，现在大了人们便偶尔当笑话说一下。有一次冯奇晒书，她在一口樟木箱子里翻出几封小年的信，才知道青春期的小年对冯奇哥是有一番美好幻想的。她捏着信笑呵呵地念，亲爱的冯大哥，听说你考取了重点大学，我激动得好几晚上都没睡着觉，我真心为你感到高兴……冯奇立刻变了脸，一把抢了过去，“唰唰唰”把那几封旧信全给撕碎了，丢进了垃圾桶，说，你满意了吧。看他这样，她止住了笑也住了嘴，心里替那几封字迹娟秀的信件惋惜。

后来听说小年出门打过几年工，但都做不长久。自婆婆的百货店改成超市后，她就来这里帮忙了。公婆说她很勤快，对老两口儿的日常生活也多有照顾。因了这些，他们待她也很亲切。向春天虽不常回婆家，但每次回，也都会给小年捎个随手礼，或衣服或鞋子，慰她看店和照顾老人的辛苦，也为某种说不清道不明的歉意。但今天小年对他们夫妻俩这一热一冷的待遇，令向春天心里很是不爽。她说，小年，你眼里只看得见哥哥，看不见嫂子啊。

哦，嫂子好。

她恨不得抽自己两耳光，讨得这句问好，像打发叫花子似的，真是自讨没趣。再看自己老公跟她有说有笑的，两人不知怎么聊起当地一种叫锅巴糖的吃食，应是小时候过年才能吃到的小吃，现在没人耐烦做，绝迹了。两人口味一致，都无比深情地怀念儿时的美食，慨叹如今的日子总少了些滋味。看他们聊得如此情投意合，她心里那口气就更盛了。她站在货架边上，不停地问冯奇，你拖鞋穿多少码的？牙刷，牙刷要哪个牌子？毛巾，毛巾？最后冯奇烦了，说，我穿多大码的拖鞋你不知道吗？牙刷、毛巾什么牌子的，有什么要紧？又刷不死人。

你什么态度？我好心好意为你选东西，你倒如此不耐烦，像是我坏了你什么好事似的。向春天也莫名气大。

嗨，你有毛病是吧？冯奇盯着她，觉得她的举止莫名其妙。

小年看两人怼上了，赶紧把冯奇推到收银台的座椅上，说，大哥，你少说两句吧。今天是我姨六十大寿，别破坏气氛。又说，拖鞋、毛巾和牙刷是吧，我来拿我来拿。春天看丈夫声不作气不出，完全一副听人摆布的样子，心里便生刺。她狠狠瞪了老公一眼。这个男人有时心细如发，看她要喝水便帮她拧盖子，出门总要多带件衣服给她预备着，可此时他竟不知道她已受到了这位跛脚女人刻意的敷衍和怠慢，不知道她内心的苦闷，还当着外人的面跟她耍脾气。既然情绪已经到这儿了，小性子也只有继续耍下去。她将选好的毛巾和拖鞋摔在货架上，说，真是丑人多作怪，什么东西！然后转身离去。话一出口，她便知道自己失了体面和风度，说到底，她在那个小丫头面前也算是半个老板，再怎么气不平，应该把大面子顾到。她踏出店门的那瞬间已经后悔了，可也没有办法挽回了。转念一想，一个看店的小妹，给她点颜色瞧瞧又如何，给人打工，哪能不受点冤枉气？

小镇的夜晚幽深冷清，街道两旁的路灯泥浆一样混浊。因为空旷，一点点噪音有如针尖，分外刺耳。她还没进门就听到麻将激烈碰撞的哗哗声，也闻到了一股浓重的烟味。她暂不想进那个乌烟瘴气的空间，便在街道上散漫走着。陌生的小镇，陌生的路人，陌生的树木，陌生的猫狗，这陌生反倒有种莫名的安全感。

她已好久没这样散步了，在武汉的城里，她每天泡药、煎药、喝药，没那个时间也没那个心情，回娘家，不光左邻右舍对你知根知底，方圆十几里，你无论往那条路走，都能碰见熟人，他们总是热心地关心你的事业、感情和家庭，总要问候你的老公和孩子，尤其是孩子，是他们对成婚女子最关切的话题。在他们看来，一个女人成了婚，能及时地坐喜添生，这婚和这个女子的人生才算稳当了，若不这样，那一切都还悬着呢。她就是那种一直都悬着的女人。近两年她一般也不回娘家，有事回了，也是待在屋里把门窗关得紧紧的，别说散步了，连在屋里说话都尽量轻声些。那些问候无论是出于善意的还是无意的，都一样令她心烦。

抬头看，满天星，那晶莹清冷的微光，在她视线所及的上空有序铺开，这种广袤令她自感渺小。她边走边思索,人活着是为了什么？结婚成家又是为了什么?婚姻里,情投意合与繁衍子嗣哪个更重要?她所认识的人里，有恩爱夫妻因为没孩子而离婚的,也有因为有孩子而散伙的,有没孩子两人过了一辈子的,也有在不断生育中结下生死仇恨的。世上有千百样的人,便有千百样的婚姻,但大多数还是夫妻俩守着孩子平淡安稳过一生的。总的来说,孩子是婚姻中重要的一环,有了这一环,婚姻的程序才能全部启动,并按部就班,有节奏有秩序地进行下去。这样一想,她便进一步觉得一个女人降临在这世上，干一番伟大事业以期万古流芳暂且不论,但生养孕育让种族绵延不绝,一定是上帝赋予的第一使命。能生养的女人天生就带着荣光;孩子才是一个女人的生命之根。她审视着自身的残缺,不觉更加气短心虚。往后若求子不得,这漫长的一生不过是浮萍如寄。这一瞬,她希望真的能斗转星移，把她这灰暗的一生顷刻埋葬。

她看了看手机，从超市出来已经有四十分钟了，老公没有发来一条信息，他难道还在超市里与那个锅巴糖小妹聊着少年情怀？难道是回家了但并没发现她不在家？也许他发现了只是他不想理她。他难道不担心妻子对这儿人生地不熟会有什么闪失？也许他还巴不得她有闪失呢。她的一大堆猜测令她心生恨意。一个细致人的粗心是带有心机的。她近来总是能敏锐地感知他隐秘的恶毒。她时常问自己，这段婚姻里，当初的那份爱还剩下多少，可能已捉襟见肘了吧？

即使没有台阶下，她也不得不往回走，不能为赌一口气让自己露宿街头吧。电话总算响了，是婆婆打来的，问她在哪儿，要她赶紧回家，有要紧事。她说，好的，妈。

四

超市的两扇卷闸门已落下。在屋里打麻将的人也散了,但那股污糟的气息还在穿堂绕梁。好在二楼的客厅已被打扫得干干净净,所有摆设都各就各位了。这一层属于他们的婚房。地板是实木的,四壁都贴了碎花壁纸,真皮沙发,壁炉式样的电视背景墙,铜皮贴角的家具,藤蔓缠绕的地毯、条纹窗帘,有模有样的美式田园风。他们结婚在这里摆过酒,当时她娘家亲戚来了,楼上楼下看完后,都悄悄恭贺她,说她命好,找到这样的婆家,又会挣钱又会用钱,把房子装修得这么好,像大城市里高档小区的样板间呢。家具、家电都是当年的时兴款,连床上用品都是真丝的,丝毫没有糊弄她的意思,这婚结得都成了娘家那边亲戚选女婿的榜样了。婆家的周到和隆重让她在娘家人面前挣足了面子，可这份隆重也给了她一丝压力。她明白中国的嫁娶隐含着某种投资的意向。投资就会算计收益。公婆花大价钱娶儿媳妇，是希望未来能收益血脉延续、情感关照、病床伺候、养老送终和建设一个和睦家庭。这里面血脉延续是最重要的。这份体面是投之以桃，期待着她日后的报之以李。可这么多年了，她的“李”尚未结果。

客厅里三人座沙发上坐着她老公和她老公的姨妈、舅妈，单人座上坐着一位老阿姨，满头白发，是副生面孔。老公问她去哪儿了，她心里还有气，便没理。叫了声姨妈、舅妈，就坐在贵妃榻上。婆婆说，这是砖桥洞那边的一位能干人，是叫冯奇专门开车去接来的，姓龚，你叫龚妈。

龚妈好。她跟龚妈微微笑了笑。她知道这地方的能干人是什么意思。能掐会算、神神鬼鬼之人，或神婆或巫医。不过，听说老公接人去了，心里的气稍稍消了些，他不是故意要晾着她，而是有事。

龚妈倒是直爽，无须寒暄和迂回，从单人座起身，径直坐到了向春天旁边，将她一双手从腿上提了起来，说，姑娘是双冷手。又将她的十根手指头逐一看过，又摸了她两只耳朵，然后一副了然于胸的样子。她婆婆和舅妈、姨妈齐声问道，怎样呢？龚妈说，姑娘是走水路投的胎。向春天一双眼珠子顿时一弹，说，嗯？龚妈说，我讲话直，你莫怪，姑娘你前世是淹死的。

啊！向春天耳朵一炸，惊得一时无话，只瞪大一双眼睛看着周围一干人等。她老公低头扒拉着手机，一点都不关心这位他亲自接来的能干人在讲什么，她婆婆和两位亲戚直勾勾地看着她，像是今朝才认识她似的。这种无稽之谈令她很窝火。溺水而死的前世，听着并不光彩，上辈子过得竟然要寻短见，不得善终，罪孽深重，这辈子难道就得此报应？她虽然不信这些，想必老公也不会信，可不代表婆婆心里不会有疙瘩。她再看这个满脸皱纹、满头白发的龚姓老妇，只觉得她面目可憎。

那有什么方法可解呢？婆婆试探着问。

我等会儿画道符，烧了冲水给姑娘喝，然后明天凌晨四点，不等太阳出来，朝东南方烧点黄表纸，这事也就化了。我这里再配上几服药，吃上几个月，我保准种瓜得瓜，种豆得豆。

只要应了您的话，好处自然是少不了的，到时请您坐上席。婆婆边说边呵呵，她惯会做人，尤其是在生客面前，那种生意人的精明，圆滑又周到，她是信还是不信，你探不到底。

忽然主卧的门打开了，小年一跛一跛地从里面走了出来。向春天又是一惊，问，你在这儿做什么？

小年不知道是没听见，还是对她责问的语气不满，没答话。婆婆替她答了，说，她跟着冯奇一起去接的人，龚师傅跟她是一个村的，她熟路。

原来她跟他一起去办的事，想必她坐的是副驾驶，坐在亲亲的冯大哥旁边，继续谈笑风生吧。不知道为什么，这一次回婆家，跟小年打头回照面便心生厌恶，以前看小年带个败相，觉得人很老实。如今不知是自己多心还是警觉到了什么，总觉得这女子心思未必单纯，还为她接来这么个恶心的老妇人。她推测，这老女人八成还是小年推荐的，说不定还很沾亲带故呢。这个装可怜的跛子，城府深着呢。她叫着小年的名字问道，小年，我不是问你去接人还是接鬼，我是问你在我房里做什么。

我上厕所。小年坦然地回答她。反衬得向春天小题大做。

不是有客卫吗？

堵了。

她一点都不觉得这是个事。向春天本来就不待见她，看她这个无所谓的态度更气了，便追问道，那一楼、三楼的客卫都堵了吗？

我把龚姨妈接到后，送上了楼，就想上个厕所，我憋一路了，这里客卫堵了，我嫌爬上爬下不方便，就在大哥的房里上了。我不晓得在你这里还是个罪过。

呵呵，听听，她不说你们的房里，撇下她，只说大哥的房里。向春天的心里一阵冷笑。这个可恶的跛女人，故意绵里藏针刺她呢。连“罪过”一词都用上了。向春天的脏腑里早已鼓擂三通，准备万箭齐发了，但一看客厅的气氛有些微妙，虽说她们都在各干各的事，忙着找墨，找黄表纸，找毛笔和打火机，但向春天能感觉出她们对小年的怜悯。风向和气候不对，她也不敢将矛盾激化，以防人心尽失。迅速调整了一下心理，不冷不热地说，小年，不是什么事都能就方便的，你看你为了拉个方便屎，耳朵里便要多听这几句话，划算吗？有些图方便的算盘千万不要打，一个子儿拨错了，一辈子的账就都糊涂了。

小年终于红了脸，别过身子，不再作声，沉默了一会儿，便一跛一跛下楼去了，她的房在楼下一间暗室里，与超市相连，方便她看店。打压了小年，向春天心里也并未舒展多少。在她曲折绵延的心头，小年算不得一根葱。使她不得开心颜的是她自己，自己的命。

龚老妇的符水已经冲好了，近乎白色的灰烬融在水里没有想象中那般肮脏，但她还是本能地抗拒。婆婆和两个亲戚都要她喝下，那姓龚的更是一直在催促。她看了看老公，老公在手机上下围棋，正为吃下对方一个子儿在动脑筋。这个没良心的狗东西。她心里骂道。婆婆推了她老公一把，说，冯奇，叫你老婆快喝下，你晚上还要送龚师傅回去呢，别耽误人家时间。

老公说，快喝吧，我小时候发高烧也喝过，你放心，喝不死人。

不喝，似乎收不了场。这种情景下，没法去跟她们辩论科学与迷信。这些年来，她除了求医问药，有时候，也求佛问道，听说哪里寺庙的送子观音灵验，不也跑去磕头跪拜嘛。可在她看来，这与喝符水是不一样的，前者是一种精神的慰藉与寄托，而这纯属愚昧。不过她还是仰头喝下了，喝了，各自心里都痛快；不喝，明里暗里硝烟弥漫，岂不是更愚昧？

龚老妇临走时，婆婆塞了个红包，向春天估计是一千。一个前世的结局加一道符水，就让精明的婆婆花了一千，看来婆婆对冯家香火一事已然急得如狗，到了胡乱跳墙的地步了。

车子响，她在楼上看着，以为她老公会邀请她一同去送送那个该死的老巫婆,但老公没有。老公邀请了,她也会拒绝,虽然都是不去,可邀请了不去和没邀请不去,心理感受是不一样的。婆婆在底下喊着,小年,小年,快陪你冯大哥再跑一趟！很快小年就出来了,居然穿着一身睡衣,斜巾吊角的,居然真的拉开了副驾驶的门钻进去了。

当车轮滚动时,向春天突然鼻子一酸,抛下一串热泪。

五

睡到半夜,她感到一阵腹痛,怀疑是那碗符水的问题。她摇醒老公,老公迷迷糊糊,很不耐烦,翻身坐在床上,身体泰然不动,嘴巴倒像放炮仗,说,一天到晚就你事多,这深更半夜的,我又不是医生,有什么办法?又不会痛死,就不能忍忍?发现你现在是心眼越来越小,性子倒是越来越娇。

她无话可说。刚才只是肚子痛,如今更兼得心痛。这是当年说要把她捧在手心里,一辈子拿她当宝的男人?如今在自己脆弱无助时,不仅不伸援手,反而还要踹上几脚。她总想弄明白,到底是那时她眼睛瞎了,还是今时这个人变了。腹痛时而尖锐,时而松缓。她去了卫生间,坐在马桶上,想着小年也在上面坐过,心里总有些别扭。她寻常倒也不是个小肚鸡肠的人，别人让她一寸，她要回敬别人一丈。她哪里是这么咄咄逼人、不依不饶的呢？她内心再怎么波澜壮阔，但面上总还是遮得住，可这一次怎么就弄得失了分寸，平白地跟一个没读过几年书的乡下女子置气，如此地没出息，自己都觉得丢人现眼。不光这，还有那碗符水想着也让人气恼，好歹自己也是受过高等教育，正经大学毕业，有知识有文化的现代女性，竟也喝了下去。事后她真的觉得自己那些书都读到牛屁眼里去了。她向来也是眼睛里容不得半粒沙子的强势之人，可因这不孕之症，人前自矮，硬把自己弄成了遇事就大事化小、小事化了的宽宏大量之人。

上了个厕所，腹痛有所缓解。上床时，老公给她递了杯热水。她推开了，这种虚情假意让人作呕。老公说，喝，犟什么犟。然后将杯子送到她嘴边，给她灌了一口，是蜂蜜水。好歹他为自己下床劳动了一番，她便见好就收地领了他的情，喝下了。她不想闹僵，再弄个冷战，好长时间互不理睬，那样的日子让人心灰意冷、万念俱灰，她过够了。

这一杯蜂蜜水似乎安慰了她各种的委屈，最后在疲倦中睡去，一夜无话。

次日晨起，她感觉嗓子里像飞了根鸡毛，吐不出来又咽不下去，毛刺刺的不舒服。这是要感冒的前兆。早餐时，她要冯奇等会儿陪她去镇上买点药。婆婆说她屋里有现成的连花清瘟胶囊，要去拿时，刚好外面有人喊送货，就忙生意去了。她便自己去拿，药就在床头柜上，但挨着床头柜有个五斗柜，上面摊着一洒金大红的册子，很是打眼，瞧了瞧，是人情簿。她没打算看，公婆的东西乱翻总是不好，但又觉得看看也无妨，毕竟是一家人。老公冯奇的名字写在第一页第一排，礼金是三万元。她心里的弹簧一弹，又把后面的零仔细数了数，是四个。她预想的是一万元，可他私自添了两倍，跟她竟没通个气，而且名字也就只写了他一人，按礼他们夫妻俩的名字都要写。合上人情簿，她的心情霎时乌云滚滚，但她强忍着，没有发作。计划是吃了早饭就返程，临别之时，在婆家放个起身炮，等同于自掘坟墓。可她再看老公时，横竖都觉得扎心了。老公找她讲话，她爱理不理。他妈做的坛子菜，味道不错，他问她要不要带一点，她在卫生间擦香香，装着没听见。这些小殷勤有什么用，当初就是被这样的小伎俩给害了，以为这就是传说中的三十七摄氏度男，温暖而实在，现在看来，不过是金玉其外的障眼法。

跟你说话呢，你怎么不理？以后又来嚼我，说我这没给你带，那没给你带，说我自私自利，只顾着自己。她老公堵在卫生间门口。

她没好气地说，你爱带不带。

我大早上又招你惹你了，成天摆一张臭脸，前世欠你的？

前世？呵呵。她一声冷笑。想起昨天那老巫婆说她上辈子是投水死的，她说，如果今世的夫妻真的是上辈子的冤家，那你就是欠我的。然后她关上卫生间的门并反锁。她突然感觉到了下体的一股热流，脱下裤子一看，果真是身上来了。那几滴暗红色的血，如一柄刺刀枪，绞杀了她最后的一丝光亮。她垂头丧气地打开洗漱台的柜门，取出卫生巾垫上。

他妈的，老子真是自作自受，劳钱劳力的，给自己请了尊活祖宗。老公在外面骂骂咧咧。他一定以为她的锁门是厌恶他的表达。厌恶当然是不假，可锁门却不是针对他。但她懒得解释，想死的心都有了，一场小小的误会澄清不澄清又有什么。

总算还是客客气气、有说有笑地跟公婆道了别，各自带着演技，在大街上给左邻右舍演了个上慈下孝、家和万事兴的即兴片段。小年穿着一套水红色的针织裙，捧个碗坐在超市门口的条椅上，嘴里含着饭，说，哥，一路顺风哟，没事就常回来玩，大姨跟姨爹嘴上不说，心里可挂念你呢。她老公点点头，笑了笑，说，好好，家里家外还要多麻烦你呢。小年说，咳，自家人，客气啥。

向春天上车时，抽出几片湿纸巾，将副驾驶的皮椅上上下下擦了个遍，然后揉成一团，当着小年的面，重重扔进了路边垃圾桶。小年看见了却当没看见似的，一点都不觉得自己受到了嫌弃和轻贱。向春天忽然觉得，这个乡下女人好高的道行。她也算是回来过几次，怎么以前倒没发现她有如此的手段？这一次，小年竟如此直白地表达了对自己的不喜欢，是谁在背后给了她胆子，还是她自个儿妄生野心？又想，自古苍蝇不叮无缝的蛋，他们成婚已久，却子嗣高悬，不就是颗有裂缝的蛋吗？

车开出了镇子，开出了县城，一个小时里，夫妻俩各自绷着脸，一声不吭。沉默里，一种剑拔弩张的气氛在暗自生长。上了高速后，向春天绷不住了，说，对了，问你一下，这次给你妈上了多少礼金？

他不言语。

她朝他看了看，半边脸像霜打了似的。

我在跟你说话，问你，给你妈上了多少礼金？

不知又是哪根筋扭到了，他只装聋。她的腮帮子动了两下，继续说，家庭的经济开支，我作为妻子，应该有权知道吧？

她长吸了一口气，又徐徐吐了出来，说，今天早上关卫生间的门，不是针对你，我身上来了，要上厕所，我总不能当你面脱裤子垫卫生巾吧。关门是对你的尊重！

她顿了顿，刚要开口。他说，三万。

她蓦地笑了笑，无奈，心里一片哀伤，说，我如果不问，怕是一辈子都不知道你这次给你妈上了三万吧。

我大舅是一万，我姑是两万，我是儿子，人情总不能上得连个亲戚都不如吧？

冯奇，你怕是还没明白我的意思吧？

你什么意思？他猛地侧过头朝她看了一眼，那眼光像把匕首。说着便咆哮起来，昨天来的时候，你他妈的说上多少人情，随便我，嘴上说得好像自己多么贤良淑德，这会儿心里气不顺了，你没那个量，就不要装×装大度。真是婊子也想当，牌坊也想立。

她气极，恨不得将他碎尸万段。她说，×你妈，姓冯的！老娘是在怪你给你妈礼金上多了吗？不是，哪怕你给你妈上八万十万呢，我恨你的是，你没知会我，你把我当人了吗？当我是你老婆了吗？你尊重过我吗？我每次回娘家，给我爸妈多少钱，哪一次不是同你商量好了的，你说三千五千，我没背着你给他们添过一分钱。家里的钱都是你管着的，我体谅你挣钱辛苦，也出于对你的信任，对你人品、良心，更是对我们夫妻感情的信任，我从不过问你的账目和花销，但是这并不代表我就眼瞎了，脑子傻了！

行了，行了。你别在这儿哭天抹泪了。我这就把车开回去，去把钱拿回来，行吗？你满意了吧。说着，脚上真踩了油门。高德导航一个劲儿提醒，您已超速，您已超速。向春天的心瞬间提到了嗓子眼儿。还没来得及表达愤怒，前方就出现了一辆红色半挂车。她的脑子“嗡”一下，便沦为一片空白。

她感觉车子快要钻进半挂车底下去了。今天是死定了。她尖叫一声，本能地用手捂住自己的脸。一阵尖锐的“噔噔噔”声，车子“咚”一下停住了，急刹产生的巨大惯性力将她从座位上抛起，然后又重重地摔下，要不是那根安全带系着，她一定头撞玻璃，飞出去了。直到车后有喇叭鸣叫，才渐渐回过神来。这死里逃生的一条命，惊魂未定，身心都还在剧烈震荡中，窗外的阳光看着都有一瞬间的不真实。她看了看旁边的他，他握着方向盘，两眼也是直愣愣的。半晌，他朝她看了看，然后又朝后面看了看，后面的车并没有撞上来，但后面的后面却发生了三车连环追尾事故。车主们都在查看、拍照。她犹豫着要不要下去问问，他已重新发动了车子。她明白他的意思，这种情况他们虽然不需担责，可事故却是因他们而起，开门下去，说不定还会额外惹祸上身。

开出一公里后变道，他把车停在了应急车道上。她拉开车门下来了。劫后余生的心情还是需要镇定一下。十点钟的太阳冲破了厚重的雾，变得硬朗起来，田野和牲畜便充满了勃勃的生命气息。他也下了车，绕到她身边，递来一个保温杯，同时递过来的还有一句道歉，对不起。她没作声。她不知道怎么接，说没关系吗？这不是在拿生命开玩笑？

她在思量，往后余生，还要不要跟他一起过？如此轻重不分、心气逼仄，会不会哪天她这条命折他手里？如果刚才真发生了车祸，死了便罢了，若是残了，该怎么办？这种假设蔓延成恐惧，令人脊骨生寒。如今看来，在他身边待着，连活着都是一种侥幸。她转到车后，打开后备厢，从整理箱里拿出之前准备送给婆婆的包包，扯下防尘袋，将里面衬垫的废纸掏了出来，然后把肩上帆布袋里的东西腾进这个包里。她想，如果方才她要是死了，那她这一生就太不值了，还没过过一天好日子呢。

她没个好出身，父母只是一个小县城的工人。她底下还有个弟弟，无论父母怎样辩白，她还是能感觉到他们的重男轻女。从小她就知道家里钱不宽展，读书读得艰难，她的学费总是要学校一遍一遍催促，父母才肯拿出。当老师在讲台上对欠费的学生冷嘲热讽时，她就低着头不作声，练就左耳听右耳出的本事。同学都说她厚脸皮，她从不反驳，如果她不脸皮厚一点,如何上得了学。她和父母暗暗较劲地读完了高中,终于考上了大学。在父母的愁眉苦脸中,她多方打听了解,为自己申请了助学贷款,申请了特困生补助。开学之前,她为自己打点好了行李,父母看她如此强硬,还是拿出了两千元钱,但她没要,上学的路费她早就挣下了。她推开家门的那一刻,百感交集,她祈愿这一走,能永别贫穷和困窘,永别这整日唉声叹气、天天为钱搓脚捻手的日子。

对她来说,上大学除了收获知识,更重要的是收获了爱情。冯奇是在一次学校联欢晚会上认识她的,他向她要手机号码,她扭头走开。她连手机都没有,哪来的手机号码呢?那时手机在大学里已经很普及了,可是她却没有。她宁愿让他觉得这是一种高冷的拒绝,也不愿坦承她的潦倒拮据。可是后来他还是寻到了她,打探到了她的宿舍和教室,每天晚上都守候在她必经的路上进行拦截，替她拿书拿资料，替她拿开水瓶拿饭盒。隔三岔五还请她和她的室友一起去饭馆吃饭。无羞无耻地麻烦她，死皮赖脸地缠着她。她起先对他并没什么感觉，他的那张略微瘪进去的嘴巴让她很抵触，吃饭时，就像没了牙的老太太，那咀嚼的样子，看上去苍老又小家子气。他日日追在她身后，对她无微不至地关照，自古女子怕缠，她是被他全心全意爱着她的样子感动了。还有不能启齿的原因是她受自身条件所限，没有自信去寻觅她钟爱的男子。选冯奇大抵是出于一种见好就收的心理。答应做他的女朋友后，她便开始接受他的馈赠，手机、话费、衣服、鞋子以及化妆品，甚至是电脑和钱。他改善了她的困境，使她有了更好的生活配置，她无以为报，只有以身相许。好在他善始也能善终，毕业不到半年，就到她家提亲来了。他的父母啥礼物也没提来，直接在她家的茶几上搁了八万元钱。她第一次看见她父母的眼睛里闪起亮光来。

她穿着婚纱，被她弟弟背出家门时，她妈遵照乡俗，往她身后泼了一盆水。仪式也是一种语言。嫁出去的姑娘泼出去的水。她不知道这是一种变相的祝福，还是一种势利的精明。嫁女犹如售货，一旦出了门，有概不认账的味道，何况已经卖了个好价钱。娘家已是回不去的家了。坐上婚车，她的心里有几许悲凉。这一启程，她便要将自己连根拔起，跋山涉水，去一个陌生的家里安营扎寨、生根发芽。这何尝不是女人的又一次重生？他拉着她的手，令她生出一些豪壮之情来，她在心里暗暗发誓，此去，她定将在另一个山头长成一棵枝繁叶茂的大树。车往前开，她感觉前方有万道金光。

可上帝似乎故意戏弄她。结婚十年了，漫说是枝繁叶茂，连条也没抽出一枝来。每一天心里都是一场熬煎,如热油滚过。她从未好好享受人生,享受青春,她如一朵不应时节的花,还没绽放,就有了凋零之色。她细想想,她这小半辈子,爱老公,爱家庭,爱娘家,爱婆家,好像还从未爱过自己。

那么就从这一刻开始吧，她想对自己好一点。这宛如新生的瞬间。

六

冷战。他们在一个屋檐下默契地保持着一种遥远的距离,身体的和心理的。他睡主卧,她便睡客卧。他每天上班下班洗澡睡觉。有几次周末他没回家,也没跟她交代一下去向,不知道是出差还是加班,她也懒得去理会。她依旧奔走在医院的妇科门诊,针砭推拿,开药煎药,每天也是早出晚归。她几次都想与他诚挚地再谈一谈离婚。既然婚姻已成冰室,又何必强扭在一起呢?她拿走属于她的那一部分,哪怕少一点也可以。她会向他阐明观点,把当初的那一纸契约废掉。谁提离婚都不应该被净身出户。这十年,她在这个家里,没有功劳也有苦劳,最起码,一套房子她还是要争取的。

在她找到新工作的那一天,她准备跟他开口。

晚上回到家，推开门，却闻到一股久违的饭菜香。餐厅的桌上摆着四菜一汤，回锅肉炒蒜苗、麻婆豆腐、红烧带鱼、炒西兰花和一碗紫菜鸡蛋汤。她在玄关处发愣。他走过来将她手里的包包挂起来，将拖鞋放在她脚边上。然后牵着她的手，将她带到餐桌旁，拉开椅子，扶她坐下。好像从前他许的爱她如珍宝的诺言，从未忘却过。她迅速地想，今天是什么日子，六月十八日，不是他的生日也不是她的生日，不是初见纪念日、领证纪念日，也不是办酒席纪念日。啥都不是，他如此一番折腾是为什么？她一脸疑惑，只有安静等他开口。

似乎很难启齿，他开的红酒已经喝了三盏了，喝得沉重而压抑。她推测，这要说出口的话绝不是什么好消息。难道他是要说离婚？他是怕伤害到她所以才这么纠结的吗？如果是这样，那么他心里还是在乎她的。只是他殊不知她其实早就做好了心理准备，在他们备孕了两年没有怀孕的时候，她就有了这个念头、这个心理准备，她提前六年就做好了。那一纸契约如何当得了真，不算数的。她一直都在猜测，这一天会在哪天到来。如果来了，她一定会成全他的。在财产分割上，她不会与他有过多争执，她不会使他为难的。说到底，在这段婚姻里，她确实对他有亏欠。在她内心深处，对他怀有一种感恩心理，当年读大学的贷款是他帮她还的，他对她，从遇见后的喜欢就是认真的。出嫁那天，他用十二辆奥迪A6组成车队，翻山越岭，浩浩荡荡迎娶她，给了她足够的风光和体面。婚后买房买车，他没有争她娘家出钱出力的多和少。他虽然也有他的小算盘，但总的来说，还是不错的。

她轻轻问道，你是想说离婚吗？她不想看他这么痛苦，还不如替他说出来。虽然心里早就盘算好了这一天，可说出这两个字，她的心还是被扯了一下。

他看着她，半瓶酒令他的脸红如霜叶，眼睛也是红的。他摇摇头说，不，不是离婚。他抓住她的手，眼里溢出泪来。他慌忙扯过纸巾擦掉。她被他弄得心焦如焚。难道是丢了工作？抑或是身体查出了癌？如果是这样，她断不会弃他而去，她会与他一起共同面对。如婚礼上承诺的那样，无论爱人健康或疾病，贫穷或富有，风光或失意，都要不离不弃，忠贞不渝，直至死亡。她一直觉得婚礼上的誓言是有神灵鉴证的。

她也握住他的手，安抚他。她问，你是遇到什么难处了吗？你说出来吧，说出来，我们一起面对，需要出钱的事，我们就出钱；需要出力的事，我们就出力。是人都有三起三落，落的时候，我们就花钱；起的时候，我们再挣回来。别急，也别灰心。她不知道具体是出了什么事，只能这样不着边际地安慰。

他仰头，将杯中的酒全部喝干，不是的，都不是的。我、我不知道该怎么说。她是一点一点地，像牙签剔肉似的，掏出了他嘴里的话。他是想借腹生子。这也不是他一个人的想法，是他家里的想法。借谁的腹？郑小年的腹。原来这事他家里早就问过郑小年的想法，郑小年是愿意的，她愿意为冯大哥生孩子。冯家也悄悄问过小年的父母，也不白生，有十二万元作为酬劳。她父母扭扭捏捏一番后，也没说出二话来，只说钱要活钱。十二万元在农村可以干成几件大事，比如给小年的弟弟娶媳妇，可以翻新房子，可以让她弟弟做个小本生意。那么怎么个借法？是人工授精还是试管？如果是代孕，只是借肚子怀他们夫妻俩的受精卵，那么她需要重新促排、取卵、授精、配对，问题是正规的医院是不会把夫妻俩的受精卵植入别的女人肚子里的，地下黑市倒是可以，但这个黑市他们也只是听说而已，并不知道在哪儿,而且听说流程复杂,技术不能保证,价格还贵得离谱。那么取郑小年的卵子授精植入呢,那一定是需要他们结婚,在法律上是夫妻关系才可以。可他又没说离婚。她愣愣地望着他。他说,没那么复杂,小年她……

哦,她秒懂。其实事情他们早就商议妥了,只是需要她知道并同意就行了。那她就想不通了,说,你为何要如此绕呢?我们离婚了不是更方便,你如果觉得娶小年委屈了,你可以娶别的年轻貌美、跟你门当户对的女人啊,那样光明正大地要孩子多好。

他摇头,否认她的说法。说,不,不,春天,我们之间的婚姻没有任何问题,我们只是缺一个孩子,现在有人愿意帮忙,我们不需要为此付出更大的代价和更多的折腾,这是一桩完美的解决问题的方案。

帮忙?他说得如此轻松。一个女人为他怀孕生孩子，他竟理解为普通的帮忙。就跟那天高速路上差点命丧黄泉，他也只是一句对不起而已。生命在他心中，竟如此没有分量。她本能地觉得这事不妥，有许多不可预知的风险，可具体是什么，她也想不出。她问，我们缺个孩子，为何不去抱养一个呢？或者去福利院合法领养一个。

他诚挚地说，领养，我考虑过，可细想想，那毕竟不是自己的孩子，我父母也不同意，他们说我又不是不能生，结婚不是为了养别人的孩子，而是为了延续自己的香火。他停顿了一番，将她搁在桌上的手拉起握住，像当初表白时那样深情款款，说，春天，这些年来，你为求子所受的苦楚，我感同身受，每次下班回来，还没进单元门，就能闻到一股酸苦的药汤味，那味儿光闻着就让人难受，想象你每天每餐都要咕噜咕噜喝上一碗，就觉得那是一种刑罚，我虽然嘴上不说，可我心里替你感到痛苦。还有你隔三岔五起早去医院排队挂专家号，大冬天的，凌晨四五点就要起床，赶第一班公交车过长江去汉口，然后在医院门口，在寒风凛冽中，苦苦等到八点半人家开门，然后排队抢挂专家号，如果抢不到，这一次早起和几个小时的等待就全白费了。还有你两次试管打的针，一盒一盒的，那么多药水，都要按时注射到你身体里，我有时也在替你想，这样的一场受难，得需要多大的勇气才能完成得了。这些年，我们虽然有磕磕绊绊，有口角之争，自我跟你在一起，你从来都没有说过你爱我，但我知道，你是爱我的，你不爱我，你就不会有勇气去吞下那些苦药，就不会去承受那些疼到流泪的针头。我欠你的。自我跟你结婚起，便从未想过要结束我们的婚姻，如果这件事你不同意，我宁可不要孩子，我也不会跟你离婚，然后去娶别的女人，因为这是两件不一样的事。我和你结婚，是我爱你，所以想和你拥有一个孩子，而我同别人结婚,只是为了要个孩子,那不是结婚,那是传种。你明白吗?

他的眼里再次饱含着热泪。她也再次为之动容。细想想,眼前这个男人从认识他那天起,已为她流过多次眼泪。她答应做他女朋友那会儿,他流过泪;初夜那晚见到床单上她的落红,他流过泪;毕业后他送她上火车分别时,他流过泪;结婚那天看她穿着婚纱被她弟弟背下楼时,他流过泪;有几次他们吵架,看着她哭时,他也流过泪;她两次试管生化,做清宫手术,当医生把她从手术室推出来时,他流过泪。正是这些柔软的眼泪,让她感知到他对她忠心耿耿的爱意,让她为他一次次生出上刀山、下火海的决心。就如此时,在他们的爱即将崩塌时,他再次用这些滚烫的眼泪,构筑起她对他的依偎和爱恋。他这么爱她,她怎么舍得拒绝他,让他终身抱憾呢?婚姻是两口子的江湖,除了爱和忠诚还需要些义气与成全。

行吧，既然小年心甘情愿。只是丑话说在前头，将来出了什么问题，或是拿孩子来讹人，来要挟我、侵犯我，我是不会答应的。

他把她的手一紧，说，所以我们更要夫妻同心，一起面对将来可能出现的各种问题。

她心里一时充满一种不可言说的复杂情绪，为试探到了丈夫对她的爱意而感到慰藉，但也替郑小年感到些许悲哀，给人生孩子，还被人防着，一种同为女人的兔死狐悲之情。而且她一时也疑惑，能同意自己的丈夫跟别的女人发生关系，这究竟是因为深爱着才成全，还是因为不爱了才放手？

七

有人替她生育，她便再也不用往医院跑了，药也可以不用吃了，也不用再为顾忌药效而禁各种各样的嘴。辣的麻的卤的炸的，寒的凉的冰的烫的，火锅、饮料、烧烤、海鲜、啤酒，她可以尽情吃喝。以前总担心化妆品的铅汞伤害胎儿，搽脸的都是简简单单的，如今她也不用理会了。她还特意去理发店做了头发，大波浪卷，赶时髦将头发染成了奶茶灰。她像是被解放的母兽，卸下千斤重担。她再也不要喝那种苦汤药了，这辈子闻都不想再闻。在解脱的日子里，回想过去挨过的苦，就觉得惊悚、恐怖，那一口一口的苦水，那一针一针的疼痛，还有冰冷器械穿过身体的那种被撕裂的痛楚，自己是怎么挨过的。那一次一次脱下裤子，躺在窄窄的床上，叉开腿将自己的私密部位暴露给蜡像般的妇科医生，她就觉得自己像一只任人宰割的羔羊，这是一种不能言说的羞耻。她想，她已经尝遍了生而为女人的各种疼痛和屈辱。如果此生她要是得了大病，绝不会让医生和那些冰冷的医疗器械在她身体里去治疗。践踏尊严的苟活还不如体面地死去。

她开始重新制作简历，寻找工作，赚不赚钱无所谓，关键是给自己找份事做。在一种有秩序的忙碌中强壮自己的筋骨。虽然婚姻暂时固若城池，但也要随时为有朝一日的分崩离析做好准备。不知道为什么，她对她的婚姻总是这么悲观。虽然冯奇时不时就将自己的心剖开给她看一下，可她还是有这样的想法。

挑个周末，她特地回了趟娘家。她嫁人那年，弟弟正读高三，冯家的那笔彩礼钱像一场及时雨，弟弟的大学上得顺理成章，不用勤工俭学也不用节衣缩食，每个月的生活费也比她那时要宽裕。弟弟大学毕业，在县城实验中学当老师，娶了媳妇，早已跟爹妈另起炉灶单过了。她有时候觉得，她娘家靠的是那笔八万元的彩礼钱改换门庭的，贫寒之家的女儿，一出生肩上就有一副担子。

你回来了，怎么不预先打个电话？她妈妈给她沏茶，还切了两个橙子，特意用白白的瓷盘装了放在她面前。这种讲究让她觉得她像是一位重要的客人。她环顾四周，房子年前翻新过，换了几件家具，但简陋的气息还是一如从前。她在这个房子里住了十几年，却并不是她的家。她出嫁后，她曾经的床铺都被拆了。不给出了门的闺女设房，是当地的风俗，说是怕对娘家不吉利，特别是娘家有兄弟的。每次回来，如果是夫妻俩就得在外面住酒店，如果是她自己，便在沙发上凑合。

爸呢？她问。

你爸在街上棋牌室玩呢。

玩了一辈子了。她心里苦涩地一笑,读书那会儿,几次被学校赶回来拿钱,她都是在街上牌桌上找到她爸的,逢到赢了,爸会把所有的钱都给她,若是输了就会把所有的火气撒向她。她爸在大街上追着她骂的情景,她永远都记得。她有时候想,家穷是有道理的,一个目光短浅的妈,一个胸无志向的爹,不穷天理难容。

晚上,一家人在饭桌上倒是聚齐了。爸妈、弟弟,弟媳没来,没来更好,来了还不好说话。饭间,她跟他们说了代孕这事,这是大事,肯定是要向娘家交底的。

只要他不跟你离婚,只是借个肚子传香火,我认为这没什么。她爸首先表态,点了根烟,又继续说,我自己也是有儿子的,儿子也成了家,我们接个儿媳妇进门,为的就是添丁进口。

弟弟是去年结的婚，一年多了，弟媳的肚子也还没有动静，她爸妈也是为这事很忧心，弟媳不怎么上这儿来很大原因也在此。她忽然问她爸，爸，如果您儿媳跟我一样的情况，您会怎么办？

她爸吸了一口烟，看了一眼儿子，说，我能怎么办？一辈只能管一辈，还不是要看你弟弟怎么办？他如果觉得自己有责任为向家传个后，他自然会想办法。她爸又看了看她，说，这是在屋里，我讲话也不瞒着你，你别身在福中不知福，你还真是命好，遇到了好婆家，还能有耐心一等等八九年，末了，也没让你给人腾位子，这不错了。

我跟你爸是一个观点。她妈也开口了，说，只要冯奇没说跟你离婚，你怕啥，他跟别的女人生个孩子，孩子还管你叫妈，你日后若有造化，能自己生当然好，没有这个造化，就当这是你亲生的，反正从小也是你带大的，你年纪大了，也指望得上。

你们就这么怕我离婚吗？只要冯家不跟我提离婚，就是对我天大的恩情。这么多年来，不是我不想要孩子，可你们就觉得这是我的错，是我的罪过，这种情绪传染给我，让我也觉得时时对不起公婆、对不起冯家。可是你们女儿的痛苦你们又能体会几分？向春天说着说着情绪激动起来，平时积累的一些小委屈和对娘家的不满瞬间汇聚起来，音量也大了。她说，你们害怕我离婚，跟冯奇不跟我提离婚，都不是出于对我的爱，你们都有自己的算盘。别以为我不知道。他不跟我离婚，无非是因为离婚有成本，跟我离了婚，他再娶又要成本，里外加起来，不是一笔小数目。但是有个现成的女人愿意跟他生孩子，他当然会选择成本支出少的。他出钱出得少，问题也解决了，他当然愿意。而你们呢？你们从来就没有把我当你们的孩子，我不过是你们生养的一个货物，你们不希望退货，给你们添麻烦。

春天，你也不要把话说得这么难听，我们当父母的是没多少文化，也没多少见识，但我们也是希望你好。你以前抱怨我们，说我们重男轻女，这个我们也承认，但也没办法，我们就这么个老传统思想。女儿终归是别人家的人。我也是女人，女人能生不想生那另说，但想生不能生，这确实是个败着，我们在你婆家面前直不起腰，那确实直不起腰，人家当初给彩礼钱、茶钱、改口费，啥都没少，敲锣打鼓把你娶进门，这么多年，你肚子鱼不动水不跳，你要我们拿什么在你婆家面前硬气？老话就有，不孝有三，无后为大。人家没休掉你，可不就是对你的恩情吗？人家不跟你离婚，你说人家算计也好，精明也好，不是为着你是为着钱也好，可你真离了婚，又有多好的日子等着你呢？你自己又不能生，离了，第一，无非你自己单身一辈子；第二，再走一步，也不过是给人当后妈。我告诉你，后妈这碗饭越发难吃。

她现在终于知道自己为何活得这么了无生趣了,她时不时地消极,时不时地自卑,都跟自己的父母有关。他们总把她的出路想得很逼仄,在他们的眼里,她的前方是刀山火海,是绝壁,是悬崖,是深渊。他们那种对生命的精打细算,不走一点冤枉路的谋算心态,令她的人生没有风景和光芒,没有雨露和花开,只有活着。她看着在灶台边抽烟的爸爸,看着收拾碗筷的妈妈,看着低头划拉手机的弟弟,看着光线昏暗的屋子,她忽然感到一阵寒冷,也感到一种绝望。

天黑了,街道上霓虹闪烁。她爸捏着茶杯出去了,妈坐在沙发上不多会儿响起了鼾声。弟说,姐,我们出去走一下吧。姐弟俩便出去了,时值夏天,到处都是烧烤摊,一盆一盆的油焖大虾当街叫卖,半空里全是一股椒油麻辣味儿。虽是才丢了筷子,但弟弟非要请她吃一顿,她嘴馋家乡的味道,就找了一家略微干净的摊位坐了下来。弟弟要了几瓶啤酒,他话少,一个劲儿让她多吃菜、吃虾。她说,你也吃,别总给我夹。弟弟最后还是说了话,姐,我知道你心里不痛快,都说娘家是出嫁女儿的靠山,可咱们这家,你也靠不住。你说的这个事我也说不出蛮大的道理,各自都有各自的算盘,各自也都有各自的苦衷。但有一句话,当初是我背你出的门,如果你心里不痛快了,只要你一句话,我去把你背回来。只要有我一口吃的,我绝不会让你饿肚子。

她笑了笑,提起瓶子跟弟弟碰了碰,仰头喝了一大口,抹抹嘴,到底还是没忍住,眼眶一热,两行泪水滚滚而下。

八

第二天吃过早饭她就走了。坐在开往省城的大巴上，她还是琢磨起了父母说的话。他们说得也不是没有道理。人生的每一步从眼见的这一方天地出发，减少折腾和损耗来考虑，力求以最少的牺牲获取生活的最大资源，现实也是一种生活态度。人生苦短，经得起几次沉浮呢。从前她对娘家多有怨恨，可昨晚弟弟那番话，也把这怨气平了一大半。她回家来，哪里是要来听人跟她讲人生道理呢，她要的是她在乎的人对她的爱和包容，那才是活着的滋味和念想。

下午到家，一推门竟发现婆婆坐在沙发上。她惊讶地叫了一声“妈”，然后装作内急的样子跑向卫生间，掏出手机翻看，并没有人跟她说这事。她在微信里问冯奇，怎么回事？冯奇说他妈是临时起意的，他也是刚知道。虽然表面上她没有流露出什么，给婆婆拿吃的喝的，但心里还是不爽快。

看情势，婆婆一定是有重要讲话要发表。不过是把之前她老公说的那件事，双方都放在台面上讲明吧，她猜。

不多会儿，老公到家了。婆婆像是等不及了，儿子屁股刚挨到板凳，她就开始清嗓子。她说，无用的话，我不多说，今天我到你们这儿来，不为别的，是为生人大事来的。想必春天也知道我们的想法，前因后果不必啰唆。我前天带着小年去了香港，小年在香港医院验了血，确定是怀上了，而且怀的是男孩。按照当初说好的，我已经叫你们爸给小年爹妈送了三万元过去了，余下的九万元分两次付，怀身大肚付三万，孩子落地付清，这件事也就全部了了。对外只说孩子是你们从外面抱来的，你们是孩子的父母，孩子管你们叫爸妈。跟小年就再没关系了。这也是事先就同小年和她父母说好的，今儿再同你们交代一次，现在有反悔的，趁早说出来。生人不是儿戏，今日各人把各人的疙瘩拴好，若以后再弄话来讲，我是不认账的。

向春天心里像是被炮打过一般，五脏六腑炸裂成了碎片。冯奇之前跟她说的时候就是先斩后奏。她还没有给题目呢，人家肚里的文章都已经做好了。他们从来都没有把她当人。婆婆那番话看似说给他们两人听的，可实际是说给她听的，是在敲打她，是在挽她的结头、堵她的心思，不许她闹腾。说是反悔还来得及，屁话！都验出是男孩了，还挽回？这是个节骨眼儿，她要是有不同意见，那她就是冯家的千古罪人，往后余生可就只有暴风雪了。

婆婆话说完了，朝他们看了看，似在等他们表态。她不吭声。反对肯定是不行的。如今她也看开了，有人替她生孩子也行。但他们这种盛气凌人的做法，她是有想法的，是不满的。所以三缄其口，沉默也是一种态度。

冯奇说话了。听到小年怀孕的消息，他也是很吃惊，朝春天看了一眼，起先脸上还有些扭捏，不好意思的样子，但继而是喜悦、兴奋、宽慰。像是打了一场胜仗，像是屁股里夹了个蛋，在沙发上坐不住了。他说，太好了，这是好消息，是我们夫妻俩的好消息，是冯家的好消息。小年现在还看不出什么，就让她在您那儿待着，等以后肚子大了，让她上我们这儿来，我和春天来安顿她。对左邻右舍就说她出去打工了。

婆婆说，这个我知道。不能让人家帮了忙，还坏人家的名誉。口风是一定要严的。那这么说，你们也是没有不同意见了。很好，一家人就应该心齐。婆婆说着，眼睛还是朝春天脸上刮了一下，似对她有不满，不知是不满她肚子不争气，还是不满她不领情。也不管了，反正一年见不了几次面，只当领会不了这种含义丰富的目光。

这以后，她跟冯奇之间的相处就有点怪怪的了，没有冷战，两人也说话，但举止总不似从前那般随性，他为她端茶递水、拿东拿西，她也接受，但嘴上总不忘说谢谢。这种客气便是一种软性的推拒，她在刻意制造隔膜。她在展示这种冰冷时，也感到百般别扭，可她就是要以一种别扭的方式闹别扭。其实这么多年，她内心也曾有过这样的假设，冯奇有外遇，突然领一孩子进门，跪在地上乞求她的原谅，并恳请她接纳孩子，她在震惊、愤怒、咆哮、厮打过后，会妥协的，会原谅的，她还会把那个幻想中的孩子拥在怀里，视若己出，因为她太想当妈了。她这么扭捏，不过是一种矫情，一种掩饰她内心曾有过如此荒唐剧情的矫情。她在他面前扭捏得越厉害，就会让他觉得她承受了不堪承受的重量。

好几天的阴雨，难得出了个好太阳。她把家里上上下下都打扫清理了一遍，一些旧物破烂和没吃完的西药、中药全扒拉了出来，连同那些从各个道观、寺庙里求来的符、帖、绳、结之类的，整理了几大袋子，全给扔出去了。丢了这些垃圾，她感觉心里宽敞了一些。

他回老家的次数多了，每两个礼拜就要回去一次。有时他也邀请她，她自是说不，她不想将这个脸面轻易给郑小年。他也从不强求。他走后，在这空荡荡的屋子里，她总是一遍遍猜想，冯奇与郑小年之间的床单是怎么滚上的，是设计的还是偶发的，是半推半就，还是水到渠成？是只为生育还是重续旧情？她也总是在琢磨，虽说他俩签了合约，可这两人真的能理智到把感情和身体分得那么清楚吗？毕竟不是妓女与嫖客的关系，这种事再怎么也是需要一定感情才能做成的。哪怕一夜情呢，天雷交地火时，也要有片刻的喜欢才行啊。如此一想，她便心绪难平，醋意大发，总觉得有种被戏弄的感觉。她恨天恨地，恨爹恨娘，但更多的是恨自己，古往今来不能生育的女人何其多，独她活得仓皇四顾。以前她喜欢躺在沙发上，细细观赏这房子里的一草一木、一杯一盏，这些小玩意儿，每一件都是她精心淘来的。她伺候这屋子里的家具、地板好多年了，她喜欢把家里收拾得干干净净、整整齐齐，每一个摆设和物件都一尘不染，在阳光下闪着洁净的微光。屋里花鸟鱼虫，水草繁茂，光线充足，手有余钱，衣食无忧，她喝着茶，听着曲，虽人生有憾，但时常也觉得光阴不老，岁月静好。可在这一瞬，她忽然觉得这种生活是一个坑，大好的青春年华都已枉顾了。她思想，当初在各种嘲讽和障碍中读书求知，贷着款打着工上大学，就是为了将自己瘫痪在这张沙发上，等死的吗？

她才知道自己拥有的世界太小了，不过是一栋房子、一个男人。

她从沙发上翻身坐起，这陡然的一悟，竟让她后背惊出一身汗来，这十年时光如同一场大梦。

她怔怔地呆了半天。

次日上班去公司，她主动跟每一个人问好，态度很是谦卑，跟之前那种当一天和尚撞一天钟的心思完全不同。她化被动为主动，去一趟茶水间，会主动问身边同事，要不要带茶水。到了饭点下楼，她会主动问同事要不要带餐。从前她觉得她比他们年纪大，不肯做这些跌份的事儿，但现在她要融入他们中去，他们年轻有才，“九〇后”的小鲜肉，他们是她流逝的年华，她要从他们身上找回她不曾有过的活力和青春。她学他们的穿衣打扮，学他们处理事情、打理业务的方法，甚至学他们时髦的口头禅。她欣赏他们大胆有趣的创意和策划。她发现这些年轻人很好相处，只要你自己肯卸下盔甲，就能跟他们打成一片。跟他们在一起，她就会有一种幻觉，好像自己刚大学毕业不久，也还是饱满多汁的年纪。他们这些年轻人中，有恋爱的，有新婚的，有刚做父母的，私下里他们都向她求教感情上的问题。她本着吃过的盐比他们吃过的饭多，总是将自己的真实感悟说给他们听，家庭中的婆媳矛盾、夫妻矛盾怎么化解，她也是积极出招。不过都是传统那一套，家和万事兴。公司经常会到各地验收材料和招聘，出差任务很多，年轻人都不大愿意去，新婚不久的舍不得分离，有了孩子的更是走不开，后来这种差事就落到了她身上。她原先挂念着老公、挂念着家，不乐意出去，如今她老公心里有了挂念的人，她也用不着守着他了。

公司的出差都是全国各地到处跑，基本上每半个月就有一次，广东、云南、山东、江苏、黑龙江、四川、陕西……高铁、飞机轮番坐。自结婚后，她除了度蜜月去过一次上海外，十年里，出的最远的门不过是回婆家、回娘家。当飞机冲上天空，她从舷窗看着地上江河、高楼与土地顷刻间皆成泡影，内心竟有小小的澎湃。她在飞翔，在遨游。随着现实的版图不断开疆拓土，她觉得自己拥有的精神世界也在不断扩大。她由衷觉得对于她这种三十多岁的女人来说，工作比男人更可靠。

她老公对她近来的转变颇有不满，说成日不着家，回家了就对着电脑打字或是查阅资料，从前烟熏火燎、蒸汽四溢的厨房，如今火冷烟灭，偃旗息鼓。热水瓶也是空的。在他的埋怨中，她还是起身去烧了水。不管怎样，她还是他的妻子，工作了一天的男人回到家里，连口热水都喝不着，确实是她的失职。毕竟人家挣钱是在养家，她不过是糊口，还仅仅是自己的口。

她给他端了一杯水，看他正在泡脚，又给他递了一块干毛巾。他说，这个月底小年就要来这儿住。六个月，快出怀了。她顿想，时间过得真快，转眼都半年了。无论怎样，这一天迟早是要面对的。她问，那房子的事儿你弄好没？你准备把她安顿在哪里？

你觉得呢？他征询她的意见。

他们目前是两套房子在出租，一套房子在南湖，建筑面积七十平方米，两室，他们在那里住了有四年时间。另一套房子在光谷，建筑面积一百一十平方米，三室，从未住过。小年如果住南湖的房子，左右邻居都是熟人，日后来往不便。住光谷的房子，倒是没有知根知底的，可光谷的房子面积大、楼层高、地段又好，她不想这么便宜她，便又问了回去，说，你觉得呢？

他说，住南湖吧。南湖那套房子租金也不高，划算些。

她说，可是南湖那套我们住了快四年，左邻右舍都认识，陡然住进个孕妇，我们跟着进进出出的，怕露底。

他像是恍然大悟，说，对对对，还是你们女人心细，想得周到，那就只有住光谷那套。刚好光谷那套月底到期，正好正好。

其实你心里早就有谱了对不对？还装模作样来问我。她兀自笑了笑。

你看你又喜欢犯疑心病，又要给我下套，我不钻吧，你非要我钻；我一钻，你又不高兴。

没有不高兴，你们本来就是两小无猜、青梅竹马，哪怕如今郎情妾意、旧爱新生又有什么呢？我乐于成人之美，绝不做那等妒妇，阻你过老婆孩子热炕头的好日子。你到时只要给我一套房，若念夫妻一场，再给我一个门面，我们好聚好散。呵呵。

话音刚落，只听得“哐当”一声，他顺脚将一盆洗脚水给踢了，不锈钢的盆子在地板上“叮叮叮”地转圈。沙发、茶几底下顿时一片汪洋。这无名火发得莫名其妙，不知自己又是哪句话没有对上榫。她横着眼珠子瞪他。他将手上的毛巾也摔在地上，说，你一天到晚就讲这种烂话有意思吗？当初走这一步，也是你同意了的，如今你又阴阳怪气的。我对谁动真感情了？什么好聚好散？你到底想怎样？肚子里该装下的你装不了，不该装的你倒有几箩筐。同你讲个话，打个商量，我他妈的还得在肚子里琢磨一番，生怕自己哪句话说得不投机，撞到你布下的天罗地网。

姓冯的，你自己的肠子拐了多少道弯，你自己心里清楚，何必在我面前装呢。我几斤几两你不清楚，有那设天罗架地网的本事吗？要有，也不至于落到今日这步田地。刚那几句话不过是随口开个玩笑，你竟发这样一通火。你这能耐耍给谁看呢？

到底是多年的家庭主妇，看着实木的地板泡在水里，他若无其事，可她却急坏了，赶紧到卫生间拿了拖把，一拖把一拖把地吸水。觉得委屈，眼泪又下来了。他给她递纸巾，她不接，到一边拖去了。他便拿那卷纸巾用来吸水。她在那儿拖，他就跟在那儿吸水。看他像只癞蛤蟆似的在地上蹦过来蹦过去，她一时没忍住，又笑了出来。这一笑，又云开雾散，雨过天晴了。

她说，我上次在一家书店，看见了斯坦尼斯拉夫斯基著的《演员的自我修养》，下次我一定买了送你。

他说，好的好的，多谢你费心，与高手对决，确实要加强自我修养。

九

小年是婆婆夜里开车送来的,春天本不想跟她打照面,但冯奇说最好见一见,一是礼数,二要知好歹。毕竟这样的事,就算给钱,也不是谁都愿意的。她拗不过他,便一同去了光谷。

房子早就让家政收拾妥当了,家具摆设虽简单,但窗明几净,便越发显得梁高屋宽。小年的肚子并不怎么显,穿着一件长长的毛线裙,从后面看,腰身像个反括号。小年跛着腿这屋看看,那屋瞧瞧,婆婆步步跟着她,时不时提醒她小心。小年参观完,转脸朝客厅的冯奇一笑,说,大哥,你真有本事,在武汉挣下这么一套大房子,听说现在武汉的房子两三万一平方米,你这房子、这地段,少说也快五百万了。啧啧。

没有，没有，呵呵。冯奇满脸堆笑地回应着。

婆婆说，哎，如今这世界，难都是我们老年人受的，福都是你们年轻人享的。小年，你不用羡慕你冯大哥，你将来也有你的好日子。呵呵。

小年听了这话，一双眼睛径直看向冯奇，冯奇警觉地避开，走到厨房烧水弄茶去了。向春天看在眼里，只觉得小年这痴心无脸又让人可怜，冯奇是精明理智得可怕。

她一进门就觉得自己来错了，在玄关处换好鞋后，她起身就给了小年一个笑脸，有欢迎之意、感激之意、赔礼之意，也有安慰之意。但小年装着没看见，扭头看贴在墙上的玻化砖，这儿敲敲那儿摸摸，像前世就是搞装修似的。春天的心里自是悻悻的。她又叫了一声妈，婆婆淡然地点了点头，算是作答。起先她们的态度令她心里有些怯意，总想着再去讨个好，一直也没逮着使力的机会，慢慢心思就淡了。

想着自己该讲的礼数讲了，没必要硬是热脸去贴冷屁股，便在沙发上坐下来，掏出手机，任她们大姨小侄女、冯大哥小年妹地秀恩爱，自己躲进网络成一统。

朋友圈的一篇帖子还没看完，他们就都围坐到沙发上来了。冯奇用腿碰碰她，意思是别再看手机了。她收到指令，特意延迟了四十秒才将手机关屏。抬起头便撞见了婆婆凌厉的目光，她只有以无辜的眼神迎上去。

婆婆喝了口茶；吐出点茶渣子，说，人我给你们送来了，都不是小孩子了，不用我再多说，多说也无益。这世上男男女女成个家都不容易，结婚十多年屋里听不到孩子哭，也不是什么好事。如今亏了小年不计较，成全我们，她便是我们冯家的恩人。现在是吹糠见米的时候了，你们都要知道事情的轻重。我的观点是，小年，现在就是打副香案把她供着，也不为过。

是的是的，妈，您放心，我和春天都很感激小年妹妹的，真的。冯奇一会儿冲着他妈点头，一会儿冲着小年点头。那丝毫不敢轻慢和左右讨好的样子，看得向春天又心疼又心酸。为了不让老公孤军作战，她也跟着附和，说，我们心里都知道的，妈，您放心吧。

婆婆的脸色总算和缓了些。小年倒是一副事不关已高高挂起的模样，后又把一双眼睛盯着婆婆。婆婆像是想起了什么似的，说，哦，对了，还有一件重要的事情，小年一个人住这里怕是不行吧，身边时刻得有人守着，照顾一日三餐，洗洗涮涮。这事儿，请保姆不妥，冯奇要上班，我看就让春天住这儿吧。说到底，这本就是你的事儿。

我？春天本能地推却，说，妈，我也在上班呢。

婆婆一下恼了，说，刚刚你们都说知道事情的轻重，让我放心，现在提到要照顾了，就不乐意，难道要我守在这里？我倒是乐意，可我这一下子也在镇子里消失了，这事儿不就露馅了。

妈，妈，您别急，春天她也没有说不照顾，她说上班，也是实情，就算她要照顾，也不是说今天答应了，明天就可以过来，她还得给单位说一声，一般是提前一个月交辞职报告，您不能开口说风，闭口就要雨啊。

婆婆看了一眼儿子，又呵呵笑了一声。那眼神那笑，含着诸多板眼与意思。觉得儿子宠妻？儿大不由娘？春天一时也猜不透。不过老公这半天的表现，她还是感激的，没让她触礁，没让她搁浅。人都是以好换好。她当然也不想让丈夫在夹缝中做人。便也随着老公说，是的妈，您别急，容我几天时间。

现在左邻右舍知道小年出来打工了。再过三四个月孩子出生了，我们就可以对外面说你们托人抱养了一个。我今天还得连夜赶回去，明天还有很多事。但这里必须要留个人在，大奇，小年什么情况你最清楚，身边可不能断人，你们自己商量。婆婆一贯强势，她说完就带着小年回卧室了。沙发上向春天和冯奇你看我，我看你。

她自是不想留在这里，但让老公留在这里，她又不情愿。她说，要不我们俩今晚就都在这里吧。过了今晚再说。

冯奇木呆呆地点头。

打发走了婆婆，安置好了小年，他们在另一房里睡下，开空调才发现空调被租户弄坏了，房间冷冰冰的，被子也不够凑。睡到半夜，实在抗不过，便挪到客厅，一个睡沙发，一个打地铺，柜机调到强劲制热三十摄氏度，人才渐渐止住颤抖。

冯大哥，你们干吗呢？丁零当啷的。冷不丁小年从卧房里出来了，站在电视机柜旁边看着他们。

哎，小年，你快回去睡吧，穿这么单薄，小心着凉。冯奇说着就要上前去扶。

不用的，冯大哥。小年反倒还走到沙发这里来了，说，孕妇怕热呢。再说这儿开着空调呢。

来，你要不想回卧室，就先把这被子披上。冯奇给她披上被子，说，小年，我正在跟你嫂子商量照顾你的问题，这两天吧，我就留在这里，刚好空调也坏了，买啊装的，估计也要花两三天时间，你嫂子向来畏寒，没空调她受不住，再一个，你嫂子又要辞职，等你嫂子那边弄好了，就让你嫂子过来，你看可以不？

冯大哥，你把我想得太娇气了，现在离临盆还差得远呢，不用每天二十四小时守着我的，你每天正常上班，下班了过来陪着我就好了。我还可以给你洗衣做饭，做你最喜欢吃的腊肉炖甲鱼，每次我做这个，大姨都说，要是你在，肯定得把锅都舔了，呵呵。小年自顾自地说，笑得两眼都眯成一条缝了。冯奇也只有赔着笑。她说，等我到了走不动道的那一天再说吧。

向春天清楚小年的意思，人家压根儿就不希望她来照顾，人家只想跟冯大哥守在一块儿。看得出小年对这个邻家大哥的感情从未变过，青春年少萌出的情感依然还是那么真挚。借肚子的事，虽说有利益报酬，可若没这片痴心怕也难。也许冯家利用的就是她这份真情。不过谁利用谁也不好说，看如今这架势，人家也想趁着这个肚子来平地起高楼呢。

冯奇负责任地把小年送回了房间，过了五六分钟才出来。

这不知去向的五六分钟在向春天的脑海里展开了丰富想象，毕竟他们是有过肉体之实的，冯奇对小年难道就没有一点留恋？虽然冯奇多次跟她表明，他跟小年思想上有很大悬殊，不可能有什么真情真爱，但小年爱不爱他，他阻止不了，那是人家的权利。男人的爱和性真的可以分割得这么利索？如果不是，那他们这算什么？如旧时门庭，自己是正妻，她是小妾？听着外面汽车跑过，因修路临时铺的钢板时不时就发出“砰砰砰”的声音，外面是攀星登月急匆匆的中国速度，可他们却在这家具、家电智能化的屋子里过着封建时代腐朽没落的生活。这样一想，她就觉得一切都很恶心了。说到底，她郑小年跟冯奇怀的孩子，关自个儿什么事，自己在这里面又算个什么东西。

她自是不愿意伺候小年的，小年有这样的想法，刚好解了围。勉强撑到六点钟，天际有了一丝丝白光，她就起床走了。

十

这几天她一直都在考虑要不要辞职。当初找这份工作也是找了很久，她没有年龄优势，学历也就是普通本科，这是她职场生存的短板，能找到这家公司，并能留下来，实在是走了狗屎运。公司有央企背景，后劲足，前景也不错，自己在这里干了半年，五险一金和带薪年假都有，上下级关系处得也还融洽，业务流程也都熟悉得差不多了，她不想轻易辞去这份工作。她心里清楚，这份工作于她而言，一旦失去就永远失去了。

拖了有大半个月，冯奇天天催着她辞职。他上班在水果湖路，住中南路的家里上下班只需一刻钟，住光谷开车得五十分钟，如果遇到大堵车，那就得一个多小时。她能想象冯奇这样的路怒，每次上下班对他都犹如一场刑罚。他说他已是焦头烂额，可她何尝又不是呢？

在犹疑不定的摇摆中，她总是一遍又一遍追问人生的意义，思索现代婚姻的价值。她越来越觉得自己不像个现代女性，胸无定骨、缺少主见、没有智慧、没有勇气，也没有见识。一味地忍让、妥协、屈服、后退，烂泥一样地扶不上墙，从不敢面对自己内心真实的想法，只会违心地迁就。就因为无法生育，这些年她活得谨小慎微，活得自卑压抑，以致忘记了自己是个七情六欲都很正常的女性。

坐在阳光穿透玻璃的格子间里，她的心思一团乱麻，辞职报告写了删、删了写，最终也没能发出去。她好不容易摆脱慵懒、绵软、内心无底、空洞麻木的生活，不想再回到由四面墙壁围成的圈里，在锅边灶台交代完自己逼仄的一生。她不想。阳光拥着她，像一个温暖的怀抱，看着光柱里密集翻腾的尘埃，她觉得自己连一颗尘埃都不如，那细小的肉眼看不见的颗粒，都有前赴后继、蓬勃饱满的生命姿态，自己呢，却在光阴的指缝里一天天枯萎。

手机短促地一响，发来了一条短信，自己的工商银行工资卡到账三万八千元钱。她眼睛陡然一亮，又将后面的零仔细数了数，确实是三万八千元，没错。括号的备注是季度奖金加出差补助。这笔钱令她眼前一亮，精神为之一振。这钱有如太阳，给了她力量，也给了她一线光明，未来和远方是可以期许的。她庆幸自己那封辞职报告没有发到主管的邮箱。

下班后，她去了一趟光谷，探探情况。想着小年是有孕之身，她特地在小区门口的水果店买了一盒车厘子。她敲门，里面传来小年的声音，说，来了，知道你又没带钥匙。开门看是她，表情顿时失望。

你怎么来了？小年把着门问。

我来看看你。向春天回答。才二十多天没见，小年的肚子明显大了，面孔也像是换了一副，眼睑下长出了一块一块的黑斑。她托着腰，一瘸一瘸地走到沙发上坐下。她紧跟其后，看她走路一瘸一摇的笨重样子，生怕有个闪失。小年将两条腿搁在茶几上。她说，我和冯大哥在这里住得很好，你不需要挂念的。瞥见小年两条腿和两只脚都肿了，这孕怀得辛苦，向春天不知为何对她生出一丝怜悯，并没有计较她嘴上刺人的劲儿。

向春天问，你打算什么时候去医院做产检？

小年说，大姨说不用做，产检B超什么的，做多了，对孩子不好，有辐射。

看小年把冯奇妈妈的话当圣旨一样，她便不再多说什么，径直到厨房，将那盒车厘子用盐水洗干净，端出来递给她，说，吃点水果吧，听说孕妇都很喜欢吃，而且吃了对孩子也好。

小年拿了一颗，欲吃，又迟疑了一下，问，你不会害我吧？

向春天蓦地一笑，说，你宫斗剧看多了吧？放心吃吧，小主。

小年竟也呵呵一笑。笑得明眸善睐，一点都不像是个心机女，一副沉浸在爱情中的甜蜜模样。小年吃了几颗车厘子，抬眼看看墙上的钟，说，哎呀，快六点了，我得烧饭了，你不知道冯大哥从小胃不好，饿不得。

小年说完便朝向春天脸上看去，起先的表情像是自己未经思考，说错了，可随后又暗自得意，觉得自己的冒犯是某种高明的手段。

向春天一怔，说，嗯，我跟你冯大哥生活这么多年，倒是第一次听说他胃不好。顿了顿，说，你呀，还早着呢，实在不用这么着急忙慌的。要知道这世上的好饭都不怕晚。她起身，从冰箱一侧的挂钩上取下围裙，系上，对后面呆呆愣愣的小年说，今天这顿饭，我来做，哪能劳累有孕的人。她打开冰箱，食物倒是储备得很丰富，生的熟的都有。冯奇是个很细心的人，知道孕妇出门购物不便，所以吃的喝的准备得都很充足，而且他有点小迷信，觉得家里冰箱不能空，空了就不利生财。商界之人对于生财总是有一些奇奇怪怪的门道。她就地取材，准备做个油煎小黄鱼、青豆虾仁、肉末蒸鸡蛋、素炒藕渣，再加一个蘑菇豆腐汤。

小年跟了过来，倚在厨房的门框边，看着向春天在水槽里淘米洗菜。

过了一会儿，小年突然发出感慨，说，要是我这个肚子长在你身上就好了。

向春天抬头看了小年一眼，小年的肚子圆鼓鼓的，这样的孕肚曾是她做梦都想要的，她为之努力了十年，也不曾得到。那是她心里隐秘的痛，她不明白小年为何要触碰这根刺，是有意的还是无心的。不过，她还是平静地回答，哎，我没这个造化，子嗣上无缘。又冲小年淡淡一笑，说，不过我也想通了，每个人来到这世上，都有快乐和痛苦，活一辈子，不可能都是好风景，总有那么一些不称心的事要搁在心里磨，不磨，心气哪里能平？

小年淡淡一笑，说，我给冯大哥怀孩子，这事你娘家人知道吗？

向春天说，知道，这么大的事，怎么可能瞒住娘家？

小年说，你父母竟也同意，不说冯家欺负了他们姑娘？

向春天说，你冯大哥给你报酬让你生子，你父母不也同意了，怎么没说冯家欺负了他们姑娘？向春天忽然一阵懊恼，说，小年，我劝你说话不要拐弯抹角，弄得好像自己比别人高明似的，就你那小学没毕业的智商,你还想算计谁不成?

小年说,我这不是跟你说知心话嘛,我是一根肠子通到底的人，哪里有你们文化人那么多的心思,我小学没毕业,我父母同意我给冯大哥生孩子,那是因为我父母重男轻女嘛,他们要用这钱给我弟弟盖房子娶媳妇。

四菜一汤端上桌。向春天扶着小年往餐桌移。她一时找不到什么话来回应她。她们都是不受命运待见的女人,都落在一个重男轻女的家庭里。她走路瘸是一种残疾,自己的不孕何尝不是另一种残疾呢？再看郑小年,她觉得,这就是另一个自己。

她给小年舀了一碗汤,说,喝汤吧。既然你是一根肠子通到底的人,就不要想那么多,踏踏实实把孩子生下来就好。

小年说,那是当然,为冯大哥生孩子可是我自己心甘情愿的。

恰好冯奇开门进来，看到桌上的饭菜和春天，眼里一惊，然后又一喜，说，公司的事了了？

先吃饭。春天说。

冯奇看着桌上的菜，似乎很有兴致，从柜里拿了酒瓶和两个酒盅，给春天倒了一杯，自己倒了一杯。对着小年说，你嫂子其实很能喝几杯，这些年为了要娃，硬是滴酒不沾，今天这菜对胃口，我跟你嫂子喝两杯，呵呵。

吃完饭，春天收碗，冯奇坐在餐桌边玩手机，小年则在沙发上看电视。春天收拾好厨房，给自己泡了杯牛奶，也准备坐下刷手机，手往桌上摸，没摸到杯子，一抬头看见牛奶被冯奇仰头喝光了。他在那里嘿嘿地笑。她起身教训他，他赶紧躲房里。她也跟过去，刚进屋，冯奇便把门反锁。她这才意识到自己掉入了“敌人的陷阱”。她问，你干什么？他说，十年了，每次开头你就是这句话，能不能换句新鲜的？春天扑哧笑了一声。

温存过后，冯奇问，你东西还没搬过来吧，要不我等会儿开车过去把你日常需要的绫罗绸缎、杯杯盏盏、瓶瓶罐罐都搬来。以后你就住这里，我从明儿起就住中南路。

春天说，你瞎忙什么啊？我还没辞职呢。

冯奇一下子就炸了，没辞？你怎么还没辞呢？

春天又说，我不打算辞了。

冯奇又是一炸，说，你几个意思？

春天说着，点开手机，把工商银行那条短信给他看，他看过后，哼了一声，说，三万八千元就亮瞎你的眼睛了？你这几年没上班，我难道在你身上没用过三万八千元，你要用钱，我什么时候阻止过你？

春天说，你给我用再多的钱那是你的，那钱姓冯，这个钱是我自己的，它姓向，意义不一样的。这些年虽然我靠你养活着，可要用钱方面除了看病吃药，我的其他日常开销，也都不敢有过多花费。你隔三岔五跟我来场冷战，一连十几天不跟我说一句话，我能有脸开口问你要钱？说是给了我几张信用卡，额度都是五六万、上十万的，可我每刷一笔，你那里都清清楚楚得很，连在哪里消费了什么都明明白白的。我敢多刷吗？消费也属于个人隐私，你知道吗？她顿了顿，似有所悟，说，现在忽然发现你手段高明得很，鸡贼。

那你究竟想怎样？当初这个事我就同你商量过，小年从怀孕到现在，从头到尾你都知道，临到这个节骨眼儿了，你跟我来这出，还倒打我一耙，我手段高明，我鸡贼，咱俩谁手段高，谁鸡贼，你自己心里清楚。冯奇从床上跳下，穿上裤子，系上皮带。从床头柜里找出纸和笔，走到向春天这边，将她身上的被子扯下，逼着她起来，将纸笔递给她，说，我没什么跟你好说的，今天这个辞职报告，你写也得写，不写也得写。你这个倒霉女人，你竟然玩我！你要我好玩，是吧？

春天气极，气得眼睛里几乎要喷出火星子来。她说，你凭什么逼我辞职？你无非是想回中南路去住，那你住好了。我不辞职，可我也没有说不留在这里啊。你在这里可以正常上下班，为何我在这里就得全天候待着，就不能工作？她现在需要的无非就是一日三餐，我上班之前给她把早餐做好，晚上下班给她做晚餐，大不了中午午休我再过来一次给她做中餐，晚上我留在这里过夜，难道这不是在解决问题吗？你的事业是事业，我的工作就是狗屎，那么不值钱，说不要了就不要了？你当初娶我，到底是想娶一个跟你肩并肩的妻子，还是一个矮你一头、受你摆布和控制的女奴？

冯奇虽然青筋依然暴露，但气焰缓和了一些。他说，你早晚不都是要辞职的吗？孩子生下地，那是我跟你的孩子，你不带？顿了顿，几次想开口又闭上了嘴，欲言又止，只一味地叫春天辞职，片刻也耽误不得。急着急着又来了火，将笔和纸重新推到春天面前叫嚷着，你别磨磨叽叽，到时出了事，仔细你的皮。

春天也起床穿衣服，说，你什么意思？威胁我？你自己搞清楚，说到底这是你冯奇跟她郑小年的孩子，关我什么事，我能住这里一日三餐照顾她是情分，我不管不顾那是本分。你牛×烘烘的牛×什么？

冯奇冷不防一把揪住春天的衣领，两颗扣子也扯掉了，又掐着她的脖子将她抵到墙上叫嚣道，我哪里牛×烘烘了，我要是牛×烘烘，我今日在这里受你这份冤枉气，你自己不想想，事情发展到今天这一步，根上是怎么来的？你这个一无是处、忘恩负义的毒妇。

向春天死命挣扎，终于挣脱，她像一头疯牛一样瞪着眼前这个男人，这个尖脸瘪着嘴唇的男人，这副刻薄寡恩的嘴脸。她跟他过了十年的日子，也没搞清楚自己到底爱不爱这个男人，直到现在她每次看他在餐桌上咀嚼饭食，都有一种小小的恶心感，她也许根本就不爱这个男人，他们的日久生情，不过是一种对习惯的依赖和妥协。这一刻他的心狠手辣，令她有了某种摧毁围墙和城堡的力量。

向春天的眼睛里恨不得飞出尖刀，她说，姓冯的，你狠，从来都是你狠，老娘就算玩你耍你，也就到今天、到这一刻为止。不就是怕谁先提离婚吗？好，我提。不就是净身出户吗？好，我出。我房子、车子啥都不要，我这个一无是处的忘恩负义的倒霉女人，耽误了你冯家的血脉，我欠你的欠你冯家的，今儿我这一身干净走出这门，就当我还完了。咱们两不相欠！

好，净身出户，这是你自己说的。冯奇的眼睛像充了血，脖子和脑门儿上一条条青筋蚯蚓般蠕动。一副恨不得要吃人的样子。他拿出手机，打开录音软件，叫嚣道，你最好再说一遍，你若反悔，你他妈的就是狗娘养的，你这么想离婚，我也不拦着你，明天我不到民政局，我也是狗娘养的。

呵呵，呵呵呵。向春天像是忽然明白了什么，止不住一阵阵冷笑。他果然一直都在算计成本，他对自己哪有那么多的真爱，爱，也许有几分，可一年一递减，减到如今，那点可怜的情分竟比不过他半套房产。怪不得浔阳江头的琵琶女琴声如泣，自悔不该嫁作商人妇，商人向来重利轻别离啊。当初他要跟郑小年怀孩子，她提出可以假离婚，他都拒绝了。她当初认为是他对婚姻的忠诚，对法律的敬畏。如今看来，婚姻的忠诚是假，对法律的敬畏是真，因为假离婚也要涉及财产分割，他怕弄假成真，堂而皇之失去一半财产。向春天终于掂量清楚了自己在他心中的分量。从前想着的一套小房子，竟都是妄想。呵呵，呵呵。十年了，才看清一个渣男的真面目。向春天走到冯奇的手机前，说，我向春天宣布，我与冯奇离婚，不要他冯家一分臭钱，我净身出户，净身出户！

你！你！冯奇还想抓住向春天，被她一脚给踢开了。冯奇跌坐在床边，说，你就这么恶心我？

向春天朝他看了一眼，“啪”地拉开房门，不想小年正贴着房门听动静，两人各自唬得一跳。春天说，你再用不着恨我了，我如今给你腾位子，祝你们有情人终成眷属。说完走到客厅打开大门就走了。

小年急急跟了出去，拦住电梯，说，春天姐，嫂子，你别这样，我有时候是嘴巴很讨厌，但看到你跟冯大哥闹成这样，我心里也不好过，其实你们都不用照顾我的，我也不是娇生惯养长大的，怀孕生孩子在我们乡下也不算什么大事，不用你们守着我的,你们该上班的都去上班。别这样,我冯大哥成个家不容易,我冯大哥真的挺喜欢你的。嫂子!

电梯来了,向春天温柔又有力地扒开小年的手臂,电梯门合上那一刻,向春天的眼泪汹涌而出。

十一

向春天暂时安身在同事的出租房里。她的脸上一连几天都是乌云密布。单位同事问她怎么了，她也只是摇头，不多言语。她也没跟家里人联系。下了班就跟同事在街上游荡，吃烧烤喝啤酒，喝完还带上一小瓶“江小白”，睡前就着花生米喝几口，把自己喝得微醺，倒头就睡。麻痹也算是一种方法。她不想给自己的脑子留空，怕自己细思起来，会精神崩溃。她恐惧那种天要塌下来的感觉。如今她头顶的这片天，得要自己撑着了。

浑浑噩噩过了一个多月，一次上厕所，她在垃圾桶里看见同事带血的卫生巾，突然想起自己的经期已经过了快半个月了。应该不会有事的，她想。但又隐隐地不安。为了释疑，她去药店买了两根早孕试纸，在就近的商场卫生间做检测，两根试纸在尿液里不到十秒就显示出了红双杠。她的心里顿时惊起一滩鸥鹭，差点崴在便坑里，她想笑又想哭。她不知道这到底是上天的恩赐还是捉弄。她下意识地摸了摸自己的小腹，盼了十年了，十年了，这个柔软的部分，终于有了一个小小的生命。我怀孕了，我怀孕了。她一遍一遍小声地说给自己听。直到两行眼泪悄悄流进嘴里，咸津津的。

她开始后悔这段时间不该喝这么多酒，不知道对胎儿有没有影响。次日她去医院抽血，证实了早孕，她把自己的担忧说给医生听，医生说，目前各项指标都是正常的，具体的好不好，那要等后期的唐筛、小排畸、大排畸才能确定。不过你可以隔日再来查血，看数值有无翻倍，如果有，说明胎儿发育不错。她隔日查血，数值比前日翻了几倍。医生建议她去做B超。她躺在B超床上，腹部被涂满了果冻一样的凝胶，探头在她的腹部游走。很快医生就对一旁的记录护士说，宫内早孕，孕囊外形规则，十五毫米乘以十五毫米，可见胚芽，胎心音一分钟一百四十次。她把医生的话一字一字认真塞进耳朵里，听到"胎心音"几个字，她内心的激动再也掩饰不了了，她说，医生，好医生，可以让我听听宝宝的胎心音吗？医生略犹豫了一下，说，可以。便把一副大大的耳机递给她，她一戴上，满耳朵便是那种混浊的像水烧开后不停喷气的声音，她知道这就是宝宝的胎心管在搏动，这可爱的声音，美丽的声音，这是她迄今为止听到的最令人陶醉的声音。她又一次地止不住泪水长流。

离婚的悲伤被孕事冲淡了许多，她整个一颗心全落在了隔着肚皮的那个小小生命上。她满脑子都是那天在医院听到的胎心音的声音，"咕咕咕"，这声音像是有着某种魔力，令她快要坍塌的骨骼一下变得强劲有力，冷却的血液再次沸腾，干瘪的得以饱满、枯萎的得以充沛，她仿如重生，一次全新而又光彩的重生。我要做妈妈了，她把这当作人生最高的荣耀，是功德圆满的大喜事。因为之前大量喝酒，她有点隐隐担忧孩子将来的健康和智力。但她也做好了充分的思想准备，哪怕将来检查出孩子不健康，她也会全盘接受，这是一条鲜活的生命，她不想用医院那套优生优育的标准来鉴定，她的孩子无论是优还是不优，于她都是这世上独一无二最珍贵的宝贝。上帝赋予的生命，谁都没有权利扼杀。

她有时还是会想起冯奇，心里思量这事该不该跟他说一声，毕竟他是孩子的父亲，可几次拿起手机按出那串号码将要拨打时，又及时撤除返回了。自那天离开光谷的房子后，她将他的微信拉黑了，她屏蔽了他所有的联系方式，她是打算跟他老死不相往来的，可如今她又不得不再次审视她跟他之间的关系了。她这才想起他们还并未离婚。

她虽然瞒着公司，但没多久身边的同事还是看出了端倪，主管来征求她意见，需不需要调换岗位，她说不需要。她得挣钱，她再也不能过那种舒适安逸的日子了。她依然接受大量出差，只是不再选择乘坐飞机。她坐在高铁的窗户边，心里忧着未来。飞驰的速度将车窗外的景致一帧一帧更换，山川、河流、田野、城市、工厂、电站、乡村……祖国高速发展的面貌像一幅幅画卷，在她的眼里徐徐展开。她摸着肚子，心里对宝宝说，孩子，等你出生了，我们一起看看这美丽的大世界。妈妈定当拼尽全力，给你一双翱翔的翅膀，让你与这个时代一同奔跑。

这一次出差回来，刚到公司，一个同事就急急地过来把她拉到一边，说，春天姐，你老公一个小时前来这里找过你，急得满头大汗的，说你妹妹突然晕倒了，情况很危险，打你电话打不通，叫你回来后赶紧回个电话。她从包里拿出手机一看,三个未接来电,是陌生号码,没有备注,凭记忆应该是郑小年的号码。她赶紧回过去。

接电话的是冯奇,他语气十分焦急,说,你赶紧来中南医院妇产科,小年她情况很差。

她从他的语气中感受到了一种人命关天的紧迫，纵有天大的仇恨也得在生死面前让步。她说，好,我马上去。

她将手上的行李交给同事,就打了一辆的士迅速赶往医院。产科人满为患,走道上挤的都是病患的铺位。她找到郑小年的房间和床位,看见冯奇和他妈各自在小板凳上坐着,一脸霜色。小年躺在床上鼻子里插着氧,手臂上输着液,连导尿管都用上了。她头发蓬松,面色无华,似乎处在一种昏睡状态。

她的到来,令婆婆很是恼怒,一双眼睛长满了刀子，仿佛要活剐了她。冯奇将凳子让给她，说，你坐着吧。她说，我不坐。这到底是怎么回事？冯奇看了他妈一眼，说，突然晕倒的，幸亏倒在沙发上，送到医院来，检查后说是什么心脏病还有肺动脉高压，情况很危险。

她站到郑小年的床边，看看输液瓶、氧气管、导尿袋，不知道能为她做些什么。这时查房医生来了。领头的是一位男医生，他上前喊了一声郑小年，将她喊醒了。小年看看医生，转眼看到她，眼里竟露出欣喜之色。

医生说，郑小年，你这个病很危险，你自己知不知道？你这种情况是不允许怀孕生产的。刚刚我们产科、麻醉科、呼吸科、新生儿科的医生对你的病情进行了会诊，几乎是举全院的力量来对你进行手术。你这个病越到晚期，心脏负荷越重，受不了的，加上一个肺动脉高压，分娩可能是要送命的。目前你怀孕三十二周，孩子剖出来属于早产，但借助高科技的医疗设备，存活的概率还是很大。像你这种情况怀孕能撑到三十二周算是奇迹了！

小年说，医生，如果手术过程中遇到保大保小的问题，请一定要保住我的孩子，我求求你。

向春天赶紧握着小年的手说，别说傻话了，不存在保大保小，都好好的，母子平安。

医生说，你情绪不要激动，平复一下心情，好准备手术。

冯奇说，小年你别胡思乱想，现在医疗水平这么发达，不会有事的。就算真有事，我也不会让你有事。

不，不，冯大哥，一定要保孩子，只要孩子能活，我死也是乐意的。

冯奇妈说，都不要再说了，生孩子，本是一桩喜事，你们就一口一个死，要弄些好兆头。医生总是喜欢夸大其词，说得吓死人，屁大的手术都有危险，这不过是把丑话说前头，是医生的套路。

正说着，两个护士推着一张带滚轴的床进来了，他们一起把郑小年挪到手术床上。郑小年一手拉着冯奇，一手拉着向春天，他们也便顺着她一起推车到手术室。小年说，春天姐，冯大哥，我的预感不是很好，我这几天做梦，也都是不好的。我不知道进了手术室，推出来的是个人还是一具尸体，如果我不好了，春天姐，求你一定要好好保护我的孩子，要多疼他、爱他，不让别人欺负他……

别说了，小年。向春天的眼泪和鼻涕一齐流下，此刻小年还不知道她的肚子里也有一个孩子，每个孩子都是母亲的心头肉，小年的心思她如何不懂。她哽咽着说，小年，你跟孩子都会好好的，你一定要这样想，要坚信最好的结局，这样上天才能感知到你的意念，才会有神降临来护着你，护着你的孩子。

春天姐，我要你答应我，即便你们将来有了自己的孩子，我也要你始终如一地疼爱我的孩子。不要有偏心。我求求你，我求求你。

春天只得一个劲儿地点头。她的喉咙像是插进去了一枚铁钉，哽得快要断裂了。她说，我答应你，答应你，你的孩子就是我的孩子，我一定拼尽全力去护他周全。她顿了顿，强忍着心底的悲痛，略装出一个笑脸，说，我看着他长大，接送他上学放学，辅导他写作业，高中三年陪着他，送他上大学，给他买房子娶老婆，帮他带孙子，这样好不好？

小年含着眼泪“扑哧”笑了起来，说，这可是你自己说的。

看着小年展露了笑容，春天的心里也宽展了许多。在手术室的大门快要合上的时候，春天举起拳头，做了一个加油的手势。

十二

接下来就是静静地等待了。四十分钟后，一个医生抱着一个襁褓推门出来了，喊道，郑小年家属，谁是郑小年家属？

他们赶紧凑上前去，医生说，是个男婴，情况不是特别好，出生一分钟评分七分，两分钟评分八分，要赶紧送新生儿科，你们赶紧去交钱，最好一次性交三到五万元，早产儿肺部发育不全，一针固尔苏就得一万元。要赶紧。

冯奇一听，整个身子都僵了，连声问，医生，我孩子是不是很危险，会死吗？向春天说，你别纠缠这些了，快去交钱。冯奇“哦”了一声，边跑边对医生说，一定要保住孩子，多少钱都没关系。

这时又一个医生推门出来，胶手套上全是血，大喊，郑小年家属，郑小年家属！看见血，冯母两条腿不停哆嗦，站也站不起来，春天心里也是一紧，颤抖着走了过去，说，我是，我是她姐姐。医生说，产妇心率快，血压低，情况不好，心脏已经停止跳动过一次了，请过来签一下病危通知书。

小年正在生死边缘，这超出了她能签字承担的权限了，而冯母脸色煞白，几乎要昏厥。她立马冲出走廊，大叫，冯奇、冯奇！所幸冯奇刚到楼梯转角。她说，快上去，小年不好了。冯奇一时发蒙，又急又不知道该怎么办。向春天说，孩子的钱我来交，你赶紧去守着小年。冯奇说，好好好。他将一张卡和一张医生给的单子交给她，说，密码还是以前的密码，没有改，先交八万，让他们用最好的药，一定要尽全力救孩子。向春天说，好的。又说，一切都会好的。然后她听见耳后传来了一声男人的哭泣。这一声哭泣竟让向春天的心莫名疼痛。

等她交了钱上来，看见冯奇和他妈妈坐在椅子上，头垂着，像是断了颈骨。

看见她来，冯奇妈像看见了仇人，拿一双眼睛狠狠瞪着她，憋了半天，说，你呀，你就是我冯家的克星。我好好的一盘棋交给你们，你竟给我弄成这样，我冯家到底哪一点对不住你，你要如此毁我们？

向春天辩解道，这事我也没想到，我也不希望事情成这个样子。您这么好的算计，当初就应该让您儿子和我把这婚离明白，然后你们冯家规规矩矩再娶一个儿媳妇，名正言顺地怀孕，光明正大地照顾孕妇，理直气壮地抱孙子。

冯母气得耳根子都红了。冯奇赶紧拍着他妈的后背，说，妈，您能不能消停点，小年在里面还不知道怎么样，万一有个三长两短，我们怎么去跟人家父母交代？说到底，这事一开始是我们的算盘打错了，小年她，她就不该怀孕的。

向春天看着冯奇，一脸狐疑，总觉得他们娘儿俩肯定有什么事瞒着她，包括那次吵恶架，他几次吞吞吐吐，她就有疑心。这一次他又是话到嘴边又咽下，她一直觉得这其中有蹊跷。她走到他面前，严肃追问，什么意思？

冯奇捶了捶脑门儿，狠狠搓了一把脸，似心里斗争了一番。他说，当初小年在香港检查时，就查出这个病了，当时医生建议终止妊娠，说这个病怀孕生产是医学上的禁忌。但孩子已经怀上了，还是个男胎，我妈舍不得流掉，便一直瞒着小年，没有对她说明病情，当时也没太信医生的话，另外，也有点抱侥幸心理。战战兢兢过了七个多月，以为没事了，如今，如今算是遭了报应了。此刻这个男人应是真的感到无助了，说着说着就哽咽了，最后竟哭出了声，双手捧着低垂的脸，肩膀不停地颤抖。

向春天万万没想到是这样，怪不得冯奇几次话到嘴边又咽了下去，不肯对她说出实情，倘若他说了，她是坚决不会同意的。让人冒着生命危险给他们生孩子，这太缺德了。从前她只觉得他们冯家精明，机关算尽，也不过是算钱算利，了不起算计点人心，没想到他们连命也敢算计。也许在冯家母子眼里，小年这条命爹不疼娘不爱，身带残疾，可以由着他们压榨盘剥，可以为他们的后嗣血脉来做牺牲。果然这世上不能直视的除了太阳还有人心。一阵恶心涌了上来，向春天跑向一旁的卫生间趴在水池上呕吐。

冯奇跟了过来，看她这样，在一旁怔了半天，小心翼翼地探问，你是不是？

我感冒了。向春天赶紧割断了他的猜测。她之前还犹豫着要不要告诉他，以他和他妈对生命的这种草率粗暴的态度，不说最好。想到进手术室前，小年还要求医生若遇两难，只保孩子。临到产房了，还拉着她的手把孩子托付给她，小年压根儿就没想过自己，她是拼了命也要为她的冯大哥留个后，她把一颗心全掏出来给了冯家，可他们却从一开始就打算吃她连骨头都不吐。哪里是什么不信、侥幸，分明就是自私冷血。她想着自己这么多年来，身体一遍一遍遭受疼痛磨难，没有一个人真正疼惜她，没孩子抱养一个不行，哪怕是提出离婚，分一点财产给她也不行，忽冷忽热地对待她，看她在这囚笼里煎熬挣扎。她忍不住热泪滚滚，为小年也为自己，感到莫大的辛酸。

小年被从手术室推出来，他们以为她已死里逃生，但看着医护人员凝重阴沉的面孔，焦急催着赶紧把病人推到楼上的重症监护室，他们才知道小年的情况不容乐观。冯奇和他妈护着病床，她赶紧按了电梯。一位医生举着输液瓶对他们说，产妇手术完毕，但情况不好，血压低、心率快、低氧，已经用了去甲肾上腺素，就怕恶性心律失常，目前她的血氧饱和度比正常人低很多，先转到重症监护室，术后二十四小时是道生死关。

看着全身插满了橡胶管的小年，向春天心疼得几乎要窒息。冯奇的眼眶也是红红的，冯母也是眼泪鼻涕一大把，不停地说，小年，你一定要挺住，一定要挺住，大姨不该让你怀孩子的，大姨对不住你啊！

在重症监护室外面，冯奇再一次签了病危通知书。他们由产房外的等待转到重症监护室外等待。三个人自然是一夜无眠。第二天上午十点他们去探问，医生说，郑小年已经醒了。他们提出想看看她。医生迟疑了一会儿，还是同意了他们的请求。换上消过毒的手术服，他们被指引着来到小年的病床前，她的头前摆满了各种仪器，整个监护室只听得到机器持续运转的低频声和各种心电仪、监护仪有规律的嘀嘀声。发乌的灯光、冰冷的仪器和一张张没有生气的面孔，令向春天感觉到了死神的气息，牛头马面和黑白无常似乎都守在这些病床旁边。

她拉着小年的手,看着她嘴巴鼻子额头前胸手臂手指脚上插满了各种管子,看着她疲惫苍白的面孔,心里便堵得慌。看着她奄奄一息的模样,一种同为女人的惺惺相惜,在春天心里油然而生。她想,这就是身为女人的疼痛和苦难。为了一次生育,几乎要搭上自己的性命,究竟是伟大还是愚蠢?她想哭,但不得不强装笑颜,说,小年你真棒。

冯奇俯下身摸了摸小年的额头,也对着小年笑了笑,并吻了她的额头,说,辛苦你了小年。你再加把劲儿,过几天我们就可以出院了。

冯母说,我的儿,我的乖乖,你一定要听大姨的话,挺住。

小年的眼角顿时溢出眼泪,朝着大姨弱弱地点了点头。

向春天一边给她擦眼泪一边说，到时候我还要喝你们的喜酒呢。

小年虚弱地扬起了嘴角，又虚弱地摇了摇头，她嘴里插着管不能说话，便用手指在春天的掌心里一笔一画地写着，春天便一笔一画地领会。春天说，小年的意思是，一切都不重要了，她只想看看宝宝。

春天忽然有种小年时间不多了的感觉。她转头对小年说，你等着，我马上去拍宝宝的照片，你一定要等着。

小年虚弱地点了点头，眼睛顿时充满期待。向春天立刻冲出重症监护室，来到新生儿科，叫了值班护士，把情况做了简单说明，值班护士对她进行了消毒处理，带她来到了里面的一排保温箱旁，箱外贴着郑小年之子。小手小脚小脑袋的宝宝像一只小青蛙，戴着氧气罩，面色红润，趴在保温箱里沉沉地睡着，小心脏一起一伏的，仿佛这小家伙在竭尽全力地生长。这柔弱而又蓬勃的生命令向春天热泪长流。她掏出手机照了一张照片，又录下一段十三秒的视频，就又回到了重症监护室。

小年，宝宝的照片来了。

小年，你看宝宝，真的很像你。

向春天把视频播放给她看。小年的泪水顿时汹涌而下，竟哭得抽动起来。小年忽然抓住向春天的手，眼睛就那么直勾勾地看着她。

向春天的心里像是被什么东西强有力地击打了一番，再也忍不住失声痛哭，她点头哽咽着说，小年，你放心，我会照顾好宝宝的。

小年的眼睛又缓慢移向冯奇，冯奇流着泪吻着小年的手说，宝宝的名字叫敬年，冯敬年。你说好不好？

小年的眼神忽然有种发光的物质，但瞬间就熄灭了。

医生！医生！冯奇慌乱地按着呼叫铃。顿时一群医护人员赶了过来。一名护士扒开小年的两只眼睛，冷静说道，瞳孔散大。一名医生说，推一支肾上腺素，快。几名医生趴在小年胸部做按压，一次又一次。一阵躁动后，一名医生盯着仪器说，不行，血氧饱和度下降得太快，血压也在往下掉。医生的话音刚落地，春天就看见心电仪旁的数字瞬间就从八十六降到了〇，然后波纹图一闪变成了一条直线。

整个重症监护室里一片寂静。只有向春天手机视频里宝宝奋力呼吸的声音，那是一个小小生命努力生长的声音。

生育是人间的一件大事

作者 宋小词

《丰收之歌》这篇小说在我心中埋藏了很多年，有事无事我就会“盘”她。我的胸中有很多想法，但一直都找不到一个合适的出口，不知道如何将这些破碎的思索连贯起来。

婚姻、生育是写不尽的题材，但《丰收之歌》是属于我个人的体验。我本人便是结婚多年，一直未孕，求子之路长达八年。在漫长的求医问药当中，我接触到了许多与我情况一样的女性朋友。

生育在婚姻中的意义和价值，应该就藏在像我们这些为了生育而甘愿遭受种种磨难的女人身上。在候诊室里，我看到过许多当医生宣布怀孕时，喜极而泣的夫妻。我也曾目睹一个四川女人连续四次试管失败，站在高楼顶上意图轻生。这种种悲喜都在不断刺激着我的内心。有次跟一位河南病友聊天，她说，我真巴不得我老公去外面找个女人，只要生了孩子给我抱回来，我一点都不计较他背叛婚姻、背叛感情，我保证把那孩子当自己的孩子疼。她说这番话的时候，我竟一点都没有觉得她这个想法疯狂，相反，我很理解她的想法。这种理解倒是在后来使我震撼:这样的荒唐念头,我怎么会有理解之心的?

婚姻像个褶皱，被折叠的若干个日子里,有鲜花满地也有尘土飞扬。我和她们一样，内心敏感而脆弱。在中国的传统观念里,无后似乎是人生极大的遗憾,也是民间最恶毒的诅咒。一代一代的人类靠着婚姻繁衍延续。男女结为夫妇后久不生养,公婆的期盼,父母的焦虑,旁人的猜度,每一个在婚姻中不孕的女性肩上扛着多少压力，只有经历过的人才知道。

那些不孕不育科室门外黑压压一片等着就诊的女性群像,让我震惊,叹息之余有了很多思考。婚姻的制度、生养繁衍的意义,不能生育的女性该如何面对婚姻、面对社会,我们又该如何看待生命?在与这些病友深入接触的过程当中,我的小说素材与细节越来越丰富。那些没有子嗣的婚姻感情里隐藏着的人心、人性和各种心机,在她们的闲谈中被平静剥开,拉开一道道血口。我写作这篇小说是为我,也为当初与我一同就医治疗、一同经历苦痛的女性朋友们。祝愿她们幸福好“孕”,也愿历经千辛万苦终不能孕育的姐妹们,疼惜自己,调整心态,春风之下,结籽与不结籽的花朵都是美艳而芬芳的。

现在我时常抱着我的孩子想，我曾经为了拥有他，吃遍这世上最苦的汤药，受过这世上最强的疼痛，这一切值得吗？当然是值得的。无论怎样，我都深深认为，一个女人在这人世走一遭，唯有孩子才是这人间最壮丽、最美满、最甜蜜、最丰厚也是最沉重的收获。